BERTINA HENRICHS | Die Schachspielerin

Das Buch

Im Leben von Eleni ist eigentlich alles in schönster Ordnung: Sie führt eine gute Ehe mit Panos, dem Besitzer der Autowerkstatt, hat zwei wohlgeratene Kinder und liebt ihren Beruf als Zimmermädchen im Hotel Dionysos auf Naxos. Doch dann stößt Eleni bei der Arbeit die Figur einer unbeendeten Schachpartie um. Wohin gehört die kleine Holzfigur? Eleni versteht nichts vom Schach und stellt sie verlegen neben das Brett. In den Tagen darauf wird sie den Gedanken an das geheimnisvolle Spiel nicht mehr los, das für sie eine neue, fremde, aufregende Welt verkörpert. Sie träumt davon, das Schachspielen zu erlernen. Aber gehört sich das für ein einfaches Zimmermädchen? Für Eleni beginnt ein Abenteuer mit unabsehbaren Folgen ...

Die Autorin

Bertina Henrichs wurde 1966 in Frankfurt am Main geboren. Sie studierte Literatur- und Filmwissenschaft und lebt seit achtzehn Jahren in Paris, wo sie als Filmemacherin arbeitet. Ihr Debütroman »Die Schachspielerin« stürmte nach der französischen auch die deutsche Bestsellerliste und wurde mit dem Corine-Preis für das beste Debüt ausgezeichnet. Bertina Henrichs hat ihren ersten Roman auf Französisch geschrieben, damit ihre Familie in Paris ihn ohne Übersetzung lesen kann.

BERTINA HENRICHS

Die Schachspielerin

Roman

Aus dem Französischen
von Claudia Steinitz

Diana Verlag

Die Originalausgabe unter dem Titel »La joueuse d'échecs«
erschien 2005 bei Éditions Liana Levi

FSC
Mix
Produktgruppe aus vorbildlich bewirtschafteten Wäldern und anderen kontrollierten Herkünften
Zert.-Nr. SGS-COC-1940
www.fsc.org

Verlagsgruppe Random House FSC-DEU-0100
Das für dieses Buch verwendete FSC-zertifizierte Papier *Munken White* liefert Arctic Paper Munkedals AB, Schweden.

Taschenbucherstausgabe 08/2007

Printed in Germany 2007
Umschlaggestaltung | Hauptmann & Kompanie Werbeagentur, München – Zürich, Teresa Mutzenbach, unter Verwendung eines Fotos von © Garry Black/Masterfile
Herstellung | Helga Schörnig
Satz | Christine Roithner Verlagsservice, Breitenaich
Druck und Bindung | GGP Media GmbH, Pößneck

978-3-453-35172-1

http://www.diana-verlag.de

Für Philippe

Es wurde wieder Sommer. Wie jeden Morgen stieg Eleni den Hügel vom Stadtzentrum zum Hotel Dionysos hinauf, während die Sonne gerade am Horizont auftauchte.

Von diesem sandigen, zerfurchten Hügel bot sich ein atemberaubender Blick auf das Mittelmeer und das Naxos-Tor des Apollontempels. Das antike, womöglich allzu grandios geplante Bauwerk war unvollendet geblieben. Und so gewährte das riesige Tor auf dem Gipfel der winzigen, zu Naxos gehörenden Halbinsel nur den Zugang zu Himmel und Meer. Da es Apollon am Abend keine Ruhestätte bieten konnte, empfing es – einen Gott für den anderen – die untergehende Sonne, die von den staunenden Touristen angebetet wurde. Apollon, diskreter in seinen irdischen Manifestationen, hätte sicher nur wenige Eingeweihte angelockt. Die Nichtvollendung des Tempels war also nicht zu bedauern, sondern verlieh dem strengen Eiland in der Ägäis ein seltsames Geheimnis.

Eleni hatte keinen Blick für das Schauspiel. Sie kannte es allzu gut. Ihr ganzes Leben verlief im Rhythmus dieser Gratisvorstellungen, nur die Zuschauer wechselten, ein unaufhörlicher Strom von Nomaden, die aus der Ferne kamen und in die Ferne zurückkehrten.

An diesem Morgen blies der Wind, der in der Nacht aufgefrischt war, so stark, dass er die üblichen Morgengeräusche der Stadt übertönte. Eleni hörte nur das Knirschen der Steine unter ihren Füßen und das Hecheln eines streunenden Hundes, der schnüffelnd nach einem Frühstück suchte. Die Beute war mager, und er verzog schmollend das Gesicht. Eleni lächelte und nahm sich vor, ihm aus den Resten des Hotels ein Stück Brot mitzubringen.

Um zehn nach sechs betrat Eleni das Foyer des Dionysos und wurde von einem fröhlichen *»Kalimera, Eleni! Ti kanis?«* empfangen. Die Begrüßung wurde mit so viel Inbrunst geschmettert, dass ein ahnungsloser Zuschauer hätte glauben können, einem Wiedersehen nach langer Trennung beizuwohnen. Aber die Hotelbesitzerin Maria, eine etwa sechzigjährige lebhafte Frau, empfing alle Bekannten auf diese etwas übertrieben muntere Art. Damit wehrte sie von vornherein jeden Anflug von Verdruss ab, den sie höchstens bei ihren Gästen duldete. Aber auch bei denen tat sie so, als bemerkte sie nichts, nur verstand sie plötzlich viel weniger Englisch als sonst. Missgelaunt unter der brennenden Sonne zu arbeiten war ein Laster, für das sie sich zu alt fühlte. Wie üblich reichte sie Eleni einen Kaffee, ehe sich diese in ihrem pistaziengrünen Kittel an die Arbeit machte.

Eleni kannte jede Bewegung auswendig und führte mechanisch, in unveränderlicher Reihenfolge eine nach der anderen aus. Zwanzig Zimmer, vierzig Betten, achtzig weiße Handtücher; eine wechselnde Zahl zu leerender Aschenbecher.

Sie war Zimmermädchen geworden, wie andere Serviererin oder Verkäuferin. Tochter armer Bauern aus dem Bergdorf Halki, hatte sie die Schule mit fünfzehn verlassen und die erstbeste Stelle in der Stadt angenommen. Zufällig war es die eines Zimmermädchens. Drei Jahre später hatte sie den fünf Jahre älteren Panos geheiratet, der am Stadtrand in der Autowerkstatt seines Vaters arbeitete. Die Hochzeit war ihre Sternstunde gewesen. Alle Mädchen von Naxos beneideten sie um den jungen Mann mit dichtem Haar und dunklem Blick. Sie hatten zwei Kinder, Dimitra und Yannis. Auch nach deren Geburt hatte Eleni weitergearbeitet, denn sie mochte diese Tätigkeit, bei der sie vor sich hin träumen und eine Welt berühren konnte, die fernab pulsierte.

Im Laufe der Jahre hatte sie einen guten Blick für die Gäste entwickelt. An ihrer Kleidung erriet sie mühelos die Nationalität. Sie machte sich einen Spaß daraus, die Zimmer, die sie sauber machte, den im Speisesaal frühstückenden Urlaubern zuzuordnen. Manchmal wettete sie um ein Glas Ouzo oder Weißwein. Sie irrte sich selten.

Als sie mit der 19 fertig war, ging sie zur 17. Die Zimmer mussten im Rhythmus des morgendlichen Aufbruchs aufgeräumt werden. Sie lauerte also darauf, dass sich die Türen öffneten, ohne den Eindruck zu wecken, sie interessiere sich für das Kommen und Gehen der Gäste, Könige für einen Tag oder eine Woche. Eleni verstand es, in den Fluren aufzutauchen wie ein luftiger Geist, dessen Existenz man vergisst, sobald er verschwunden ist. Sie schien zu einer Balletttruppe in bonbonfarbenen Kostümen zu gehören und bewegte ihre sperrigen Gerätschaften voller Anmut.

Diese Suggestivkraft war umso erstaunlicher, als Elenis Erscheinung schon lange nichts Athletisches mehr hatte. Allzu reichhaltige Ernährung, zwei Schwangerschaften und die Langeweile des Inselwinters hatten aus ihr mit zweiundvierzig eine Frau ohne großen Charme gemacht, weder alt noch jung. Sie hatte jene Phase im Leben erreicht, die man zuweilen die besten Jahre nennt, weil man nichts Besseres gefunden hat oder weil man sich Mut machen will. Das Sandwichalter zwischen bejahrten Eltern und pubertierenden Kindern, das Zwischenalter, da die Männer sich nicht mehr umdrehen und die Frauen nicht mehr neidisch sind. Aber Eleni war nicht der Typ, Dingen nachzutrauern, die sie nicht beeinflussen konnte.

Sie besaß eine instinktive Weisheit, erworben in den unzähligen Zimmern, denen sie ihre Jungfräulichkeit zurückgegeben hatte. Züchtig beseitigte sie die Spuren des Lebens in all seinen Formen. Flecken von Blut, Sperma, Wein oder Urin verschwanden unter ihren nüchternen Händen. Sie suchte keine Worte für die Dinge, die sie auftauchen und verschwinden sah. Sie glaubte nicht ernsthaft an die magische Kraft von Benennung, Erörterung oder Spekulation. Für sie hatten Begriffe, so präzise sie auch sein mochten, nie etwas am ewigen Lauf der Welt geändert. Sie betrachtete sie höchstens als Zeitvertreib. Auf Naxos kamen und gingen die Worte mit den Reisenden und mit dem Meer in ewigem Fluss.

Schon früh hatte sich Eleni mit dem Gedanken abgefunden, dass nichts wirklich ihr Eigentum war, weder Dinge noch Menschen. Sogar ihr Mann Panos gehörte ebenso ihr wie den Männern, mit denen er sich im Café traf, dem Tricktrack und den Frauen, die er hin und wieder begehrte. So lautete das geheime Gesetz. »Nur Verrückte kämpfen gegen die Brandung«, pflegte sie zu denken.

Seit dem Vortag wurde Zimmer 17 von einem französischen Paar bewohnt. Eleni hatte sie ankommen sehen: gut gelaunte Dreißiger in bunter, ausgelassener Kleidung.

Als Eleni das sonnendurchflutete Zimmer betrat, musste sie lächeln. Die Leute aus dem Norden waren so begeistert von der Helligkeit der Tage, dass sie nie daran dachten, die Fensterläden zu schließen. Sie hatten keine enge und beständige Beziehung zur Hitze. Während ihres Aufenthalts auf der Insel tankten sie sich damit auf und strandeten abends atemlos in der Hotelhalle, betäubt, krebsrot, aber glücklich. Manchen raubte ihre berauschende Sonnenanbetung geradezu den Verstand, eine wilde Ekstase, die den uralten Götterkulten näher war als der zivilisierten Welt, der sie entstammten.

Eleni hatte von Kindheit an gelernt, dass der gleißende Himmelskörper kein verspielter Gott war, sondern Herr über Leben und Tod, wie das Meer und die Klippen, das Schicksal und die Unausweichlichkeit.

Nach einem kurzen Rundblick, um die Menge der Arbeit zu ermessen, wandte sie sich dem Badezimmer zu. Sie putzte das Waschbecken, die Dusche, den Boden und leerte den Abfalleimer. Sie richtete sich einen Moment auf und stand still, um Atem zu holen. Dann warf sie die schmutzigen Handtücher in einen großen Korb, wo sie auf die feuchte Wärme von ihresgleichen trafen.

Liebevoll rückte Eleni die Schönheitsprodukte zurecht, die luftige Namen in jener Sprache trugen, die sie allen anderen, die über die Insel schwebten, vorzog: Französisch. Ein kleiner Flakon auf der Konsole weckte ihre Neugier. Eleni nahm ihn in die Hand, erlaubte sich, ihn zu öffnen, und roch den würzigen Duft, der aus ihm aufstieg. Sie lächelte, während sie das winzige Fläschchen sorgsam verschloss.

Eleni kannte nur drei französische Wörter, *bonjour*, *merci* und *au revoir*, die für ihren Bedarf völlig ausreichten.

Ihre sprachliche Annäherung vollzog sich nur über den Klang. Manchmal lauschte sie den Stimmen im Speisesaal. Es kam ihr so vor, als fehlte es dieser Sprache, und das war ihr größter Vorzug, völlig an Ernsthaftigkeit. Für Elenis Ohren hatte sie überhaupt keine Bodenhaftung. Die Worte schwebten über gewienertes Parkett, tanzten kleine Arabesken und Verneigungen, grüßten einander, zogen unsichtbare Hüte in einem Rascheln von Satin und Tüll. Das sanfte Gleiten musste wohl klare Bedeutungen verbergen, wahre Dinge bezeichnen, das sah Eleni schon ein, aber gerade dieses Paradox erschien ihr so wunderbar. Waren die tänzerischen Luftsprünge, mit denen man um Salz bat oder nach der Zeit fragte, nicht die Krönung des Luxus?

Im Fernsehen hatte sie mehrere Sendungen über Paris gesehen und jedes Mal einen kleinen Stich im Herzen gespürt, eine kleine schmerzhafte Stelle in der Brust, wie ausgelöst von einem weit zurückliegenden Rendezvous, das sie verpasst hatte, weil der Ausgang zu riskant erschien. Eleni war keine Frau mit Herzstichen, aber Paris war eine Ausnahme. Ihre träumerische Leidenschaft hatte sie natürlich niemandem offenbart. Das war ihr geheimer Garten.

Während sie ihren Gedanken nachhing, verließ sie das Bad und ging ins Zimmer. Sie leerte die Aschenbecher und sammelte die Papierschnipsel auf, ehe sie mit dem Besen zwischen den Gepäckstücken und den verstreuten Sachen fegte.

Nach dem Fegen machte sie das Bett, als eine Idee in ihr aufblitzte. Sie würde den Bewohnern von Paris einen kleinen Gruß hinterlassen. Sie nahm das Spitzennachthemd der jungen Frau und arrangierte es sorgfältig auf dem Bett, indem sie die Taille zusammendrückte. So drapiert gewann es wieder das Aussehen einer begehrten Ware, würdig des heraufbeschworenen Mannequins, das es überstreifen würde.

Eleni verbrachte den Abend in Gesellschaft ihrer Tochter Dimitra, die ihr beim Essenmachen und Abwaschen half. Panos aß mit ihnen und erzählte von seinem Tag, dann kehrte er zu seinen Freunden ins Café zurück. Yannis hatte angerufen und mitgeteilt, dass er unterwegs mit Freunden essen würde. Das kam oft vor. Mit sechzehn Jahren wurde sein Leben bereits von der Außenwelt aufgesogen. Dimitra ging früh ins Bett, und Eleni saß noch einen Moment vor dem Fernseher und schaute zerstreut einen dramatischen Film, den sie nicht verstand, weil sie den Anfang verpasst hatte.

Am nächsten Morgen stand sie vor den anderen auf, und nachdem sie für alle Kaffee gekocht hatte, ging sie zur Arbeit.

Der Wind hatte nachgelassen. Das Meer hatte seine Schäfchen verschluckt, was einen heißen Tag ankündigte. Sie hatte daran gedacht, ein Stück Brot für den streunenden Hund mitzubringen, dem sie am Vortag begegnet war, aber diesmal versetzte er sie. Eleni legte ihre Spende gut sichtbar auf einen kleinen Vorsprung. Wie gewohnt kam sie um zehn nach sechs ins Hotel und wurde vom morgendlichen Gezwitscher der Besitzerin empfangen.

Sie hatte schon ein Dutzend Zimmer gemacht, als sie kurz vor zehn das französische Pärchen auftauchen sah. Die beiden gingen mit strahlenden Gesichtern zum Speisesaal.

Eleni beschloss zu warten, bis sie das Hotel verlassen hätten. Sie mochte es nicht, in ihrer Arbeit durch Gäste unterbrochen zu werden, die vom Frühstück kamen und nun vor dem Zimmer hin und her liefen. Die Verlegenheit der anderen war Eleni immer unbehaglich. Manchmal fühlten sich die Urlauber verpflichtet, ein Gespräch in Englisch anzufangen, das Eleni nicht verstand, wobei sie dennoch das Wesentliche erfasste, weil es immer ums Wetter ging. Auch wenn es ihren Plan durcheinanderbrachte, wartete sie deshalb lieber, bis das Feld frei war, um die Höhle der Intimität zu betreten.

Um halb elf konnte sie endlich in Zimmer 17. Eleni machte sich an die Arbeit, wiederholte die gleichen Bewegungen wie am Vortag, aber beim Fegen fiel hinter ihr etwas auf den Boden. Sie bückte sich und hob eine kleine Holzfigur auf. Als sie sich umdrehte, stand sie vor einem Schachbrett, auf dem schwarze und weiße Figuren aufgestellt waren. Eine begonnene Partie war unterbrochen worden.

Eleni sah sich das Teil in ihrer Hand aufmerksam an. Es war eine kleine schwarze Figur. Sie zögerte und wollte sie an ihren Platz zurückstellen, wusste aber nicht, wo sie hingehörte. Überall standen die gleichen Teile herum. Mit ihrer Holzfigur in der Hand starrte sie auf das Schachbrett und suchte eine Logik. Schließlich gab sie auf, stellte die Figur neben das Holzbrett und beendete die Reinigung. Sie war betrübt, die laufende Partie zerstört zu haben, tröstete sich dann aber damit, dass es wohl nur ein unbedeutender Mitspieler war, weil es so viele von dieser Sorte gab. Vielleicht war es gar nicht schlimm.

Als sie hinausging, drapierte sie zur Entschuldigung ihren kleinen Nachthemdgruß auf dem Bett. Der Rest des Arbeitstages verlief ohne Zwischenfälle.

Als sie am frühen Nachmittag in die Stadt kam, sah sie Panos auf der Terrasse des Armenaki, einer kleinen Taverne mit Blick auf den Hafen. Eleni blieb einen Moment stehen und plauderte mit ihrem Mann und dem Wirt, einem untersetzten, ein paar Jahre älteren Mann, der sein ganzes Leben auf Naxos verbracht hatte und wegen seiner Vorfahren trotzdem von allen der Armenier genannt wurde. Sie nahm das kleine Glas Ouzo an, das er ihr anbot, und trank es in Gesellschaft der beiden Männer. Obwohl die Saison gerade erst begonnen hatte, brannte die Sonne schon. Eleni genoss den kurzen Moment der Entspannung auf der schattigen Terrasse. Sie streifte die Schuhe ab, streckte die geschwollenen Beine aus und schloss die Augen. Sie lauschte auf die Stimmen der Männer und auf den Gesang der gelben Kanarienvögel, die der Armenier in zwei kleinen, über den Tischen hängenden Käfigen hielt. Sie jubelten in höchsten Tönen und verständigten sich von einem Gefängnis zum anderen, als nähmen sie an einem Gesangswettbewerb teil. Der Wirt besaß noch einen dritten Vogel, dem er das gleiche Leben an der frischen Luft bot und die gleiche sorgfältige Pflege angedeihen ließ, der sich aber weigerte zu singen. Der Armenier hatte den Fehler begangen, ihn Tarzan zu nennen, was womöglich seine Wahrnehmung der Welt störte.

Am trockenen Klappern aneinanderstoßender Holzsteine erkannte Eleni, dass der Armenier sein Tricktrackspiel herausgeholt hatte. Die Männer begannen eine Partie. Panos' heisere Stimme, die ab und zu das Spiel kommentierte, erreichte sie nur halb, ebenso wie die helleren Ausrufe des Wirtes. Nach einigen Minuten wurden die Worte seltener, und die beiden Männer spielten schweigend, versunken in ihrer lautlosen Welt.

Plötzlich dachte Eleni wieder an den kleinen Holzsoldaten, den sie im Zimmer der Franzosen umgestoßen hatte, weshalb er seinen Platz in den Reihen der Armee nicht wieder einnehmen konnte. Sie sah ihn wieder allein neben dem Schachbrett stehen, wie verbannt, so als hätte er einen Fehler begangen. Aus unerklärlichen Gründen berührte sie diese Vorstellung.

»Eleeeni!«

Sie war wohl eingenickt, denn erst der dritte Ruf erreichte ihr Ohr. Sie fuhr auf und sah sich um, orientierungslos ob der fernen Wellen, die sie fortgetragen hatten. Ihre Freundin Katerina stand auf der anderen Straßenseite an der Mole und winkte ihr heftig.

»Eleeeni! Vergiss nicht, bei mir vorbeizukommen. Ich habe Baklava gemacht.«

Eleni nickte, bewegte ihre steif gewordenen Beine, stand auf und verabschiedete sich von den beiden Männern, die immer noch über ihr Spiel gebeugt waren. Sie antworteten mit einem Brummen, ohne die Köpfe zu heben.

Katerinas Wohnung war in Halbdunkel getaucht, der einzige Garant für Kühle. Sie machte sich am Gasherd zu schaffen und überwachte den Kaffee, den sie für Eleni aufgesetzt hatte.

Ein großes Tablett mit von Honig glänzendem Baklava stand auf dem Tisch mit der Spitzendecke. Diese Deckchen waren Katerinas ganzer Stolz. Sie fand, dass sie ihrer bescheidenen Einrichtung den vornehmen Charme eines wohlhabenden Hauses verliehen.

Die Frauen setzten sich und schwatzten eine Weile, während sie an ihrem süßen Kaffee nippten. Ab und zu nahmen sie ein Stück von dem klebrigen, bernsteinfarbenen Gebäck, das zusammenschmolz, je länger ihr Gespräch dauerte.

Sie kannten sich seit der Kindheit. Nichts, was in den Straßen der Inselhauptstadt geschah, entging Katerinas Aufmerksamkeit. Sie hatte die mehr oder weniger getreue Verbreitung von Informationen zu ihrer Berufung erhoben. Überdies hatte sie genug Zeit, sich dieser Beschäftigung mit Leib und Seele hinzugeben, weil weder ein Mann noch Kinder sie für sich beanspruchten.

Ein paar Stunden vergingen mit freimütigen Kommentaren zum Leben von diesem und jenem und Vermutungen über sich anbahnende Beziehungen. Eleni hörte mehr zu, als dass sie sprach. Sie mochte die Nachmittage in Gesellschaft ihrer Freundin wegen der erholsamen Leere, die ihrem Tagesablauf sonst völlig fehlte.

Gegen acht Uhr sah Eleni plötzlich auf die Uhr, raffte ihre Sachen zusammen und verließ Katerina. Sie eilte zur Hauptstraße, wo sie noch ein paar Einkäufe für das Abendessen erledigen musste.

Als sie eine kleine gepflasterte Gasse hinunterging, die vom Kastro, der majestätisch über dem Hafen liegenden Festung im oberen Teil der Stadt, zur Unterstadt führte, hörte Eleni die Schiffssirene. Sie beeilte sich. Panos mochte es nicht, wenn das Essen zu spät auf dem Tisch stand. Mit Hunger im Bauch zu warten verdarb seine Laune.

Eleni beugte sich gern diesen kleinen männlichen Macken, die vom Vater auf den Sohn übergingen. Sie war daran gewöhnt. Auch ihr Vater hatte es mit den Essenszeiten, die seinem Arbeitstag den Rhythmus gaben, sehr genau genommen. Für die Männer in ihrem Leben war eine absolut regelmäßige Ernährung ein Schutzwall gegen die Zufälligkeiten des Daseins. Als könnte der Tod seinem schmutzigen Geschäft nicht nachgehen, wenn man jeden Abend pünktlich um neun beim Essen saß. Männer und Frauen teilten nicht denselben Aberglauben, das wusste Eleni. Bei den Männern nannte man so einen tröstlichen Tick innerste Überzeugung, was nichts am Inhalt änderte.

Plötzlich blieb Eleni mitten auf der Straße stehen. Ein waghalsiger Gedanke war ihr in den Sinn gekommen. »Ich werde Panos ein Schachspiel zum Geburtstag schenken. Wir können zusammen spielen lernen.«

Die Idee streifte sie, wie ein Abendkleid aus Satin im schillernden Licht der Lüster über die nackten Schultern einer Tänzerin gleitet. Sie würde nicht bei Einbruch der Nacht über die Champs-Élysées flanieren, sie würde keinen Kaffee auf den großen Boulevards trinken und diese zauberhafte Sprache nicht erlernen. Aber sie würde mit ihrem Mann Schach spielen, wie die eleganten Frauen in Paris.

Es war der kühnste und verrückteste Plan, den Eleni je erdacht hatte. Er raubte ihr den Atem.

Als sie endlich mit ihren schweren Einkaufstaschen nach Hause kam, wurde sie vom demonstrativ missgelaunten Panos empfangen, der auf sein Essen wartete. Eleni entschuldigte sich nicht, sondern eilte direkt in die Küche, um die Mahlzeit vorzubereiten, die schweigend eingenommen wurde. Kaum hatte Panos den letzten Bissen geschluckt, stand er auf, küsste Eleni und Dimitra auf die Stirn und murmelte:

»Bis nachher, ihr beiden.«

Dann verließ er das Haus. Eleni nickte, stand ebenfalls auf und räumte den Tisch ab. Beim Abwaschen hörte sie die schmachtenden Lieder im Radio.

Bis zu Panos' Geburtstag waren es zwei Wochen. Sie musste ein besonders schönes Schachspiel finden. Dann überlegte sie sich, dass es nicht einfach sein würde. In Hora, wo jeder jeden kannte, waren Gerüchte schneller als der Wind. Eleni hatte diese vertrauliche Atmosphäre immer gemocht, in der jedes Ereignis mit Neugier und Wohlwollen kommentiert wurde. Jetzt aber störte es sie, und sie wäre der Überwachung gern entgangen.

Undenkbar, dass sie ein Geschäft in der Altstadt betrat, um ein Schachspiel auszuwählen. So etwas Ausgefallenes konnte sie nicht kaufen, ohne Aufmerksamkeit zu wecken. Panos würde es noch am selben Tag erfahren, und die Überraschung wäre dahin.

Am nächsten Tag ging Eleni in einen Souvenirladen am Hafen, dessen Besitzer sie nicht kannte, weil die Einheimischen nur selten in diesen Geschäften einkauften. Sie sah sich möglichst unbeteiligt um, fand aber kein Schachspiel. Den Verkäufer zu fragen wäre riskant gewesen. Auch wenn er sie nicht persönlich kannte, war die Wahrscheinlichkeit groß, dass er mit jemandem aus ihrer Umgebung zu tun hatte. Sie musste das Geschäft mit einem freundlichen Lächeln verlassen, ohne das Gewünschte gefunden zu haben.

Sie setzte sich in ein Café, bestellte ein Frappé und überlegte. Wen konnte sie ins Vertrauen ziehen? Ihr Bruder wäre der Geeignete. Leider hatte er Naxos vor langer Zeit verlassen, um auf Santorin landwirtschaftliche Geräte zu verkaufen. Ihre Beziehung war herzlich, aber sie trafen sich nur zwei-, dreimal im Jahr, um religiöse oder Familienfeste zu begehen.

Während Eleni ihren süßen Eiskaffee durch den Trinkhalm saugte, ging sie die anderen nahestehenden Personen durch, aber niemand schien geeignet. Frauen waren von vornherein ausgeschlossen. Blieben nur ihre männlichen Bekannten oder die Kinder. Yannis wollte sie nicht schicken: Er würde ihr Anliegen so ungewöhnlich finden, dass er außerstande wäre, das Geheimnis für sich zu behalten. Die sanfte Dimitra, ihre geliebte Tochter, stets bereit, jemandem einen Gefallen zu tun, konnte ihr bei diesem Unterfangen nicht behilflich sein. Ob ihre Tochter oder sie selbst, das kam auf dasselbe heraus. Nein, das war keine gute Idee.

Ihre Gedanken wurden von Katerina unterbrochen, die zufällig vorbeikam. Begeistert von dem überraschenden Zusammentreffen, setzte sie sich zu ihr und begann sofort, ihr alle möglichen Geschichten zu erzählen. Eleni bemühte sich zwar, dem Wortschwall zu widerstehen, verlor aber bald den Faden ihrer Gedanken.

Anders als erhofft bot auch der Abend keine Gelegenheit, einen Plan zu entwickeln. Panos beschloss zu Hause zu bleiben. Er war guter Laune und zum Reden aufgelegt. Eleni musste ihre Überlegungen auf den nächsten Tag, einen Mittwoch, verschieben.

Mittwoch war ein günstiger Tag für die Lösung des Problems, denn Dimitra kam erst abends nach Hause. Eleni beeilte sich mit der Arbeit im Hotel. Dann nahm sie den Bus nach Halki. Dem Armenier, den sie an der Haltestelle traf, erzählte sie, dass sie ihre alten Eltern besuchen würde, das war das Natürlichste der Welt. Er beauftragte sie, ihnen einen Gruß auszurichten, was Eleni versprach.

Der Bus fuhr durch Flachland und Berge. Sonst genoss sie immer die Fahrt, weil sie träumen konnte, während die Landschaft an ihren Augen vorbeizog, aber diesmal kam sie ihr sehr lang vor. Sie wollte schnell erfahren, ob sich der Plan, den sie in der Nacht entworfen hatte, verwirklichen ließ.

In ihrem Heimatdorf schlug sie nicht den üblichen Weg entlang der Olivenhaine ein, der zum Haus ihrer Eltern führte, sondern nahm eine kleine gepflasterte Gasse. Sie beeilte sich, denn die Essenszeit war der beste Moment für einen Besuch.

Nachdem sie eine Weile gesucht hatte, fand sie endlich das kleine ockerfarbene Steinhaus in einem ausgedorrten Garten. Plötzlich bekam sie Angst und zögerte. Wie würde sie nach so vielen Jahren empfangen werden? Fast wäre sie umgedreht, ohne ihre Mission erfüllt zu haben, da hörte sie Schritte, die sich der Tür zu nähern schienen. Eleni holte tief Luft und drückte auf die Klingel.

Ein alter, sehr magerer Mann in Hemdsärmeln öffnete fast sofort. Er kniff die Augen zusammen und brauchte ein paar Sekunden, ehe er sie erkannte. Dann trat zu Elenis großer Erleichterung ein Lächeln in sein Gesicht. Sie deutete auch ein Lächeln an und sagte:

»Guten Tag, Professor Kouros. Entschuldigen Sie die Störung.«

Der alte Mann führte sie in sein Wohnzimmer. Auf dem mit einer Zeitung geschützten Tisch stand ein Teller Bohnensuppe. Ohne sie zu fragen, goss der alte Mann Eleni ein Glas Weißwein ein und bot ihr einen Stuhl an. Sie fühlte sich unbehaglich und setzte sich ganz vorn auf den Rand. In dieser Position musste sie ihr Gewicht auf die Beine verlagern, damit sie nicht umkippte. Das war sehr unbequem, aber sie traute sich nicht, eine andere Haltung einzunehmen.

Der Alte ignorierte ihre Verlegenheit, setzte sich ebenfalls und aß weiter seine Suppe. Er bot auch Eleni davon an, aber sie lehnte höflich ab. Sie trank in kleinen Schlucken ihren Wein und überlegte, wie sie die Bitte formulieren sollte, die ihr plötzlich ganz unpassend vorkam.

Um sich zu sammeln, ließ sie den Blick durch das halbdunkle Zimmer schweifen, in dem verschiedene Holzmöbel und ein mit abgewetztem rotem Stoff bezogener Sessel standen. Nur ein paar exotische Reisesouvenirs störten den äußerst einfachen, ja geradezu asketischen Eindruck, den die Wohnung machte. Zwei afrikanische Masken über der Tür zur Diele starrten Eleni finster an. Ein naives Wandbild asiatischen Ursprungs stellte schwarze Gestalten dar, die in ihren Barken einen kleinen Fluss hinabfuhren.

Auf einem Wandbrett stand eine große dunkelgelbe Tonschale mit Früchten. Ein schwacher Duft von Rasierwasser lag in der Luft, ein Hauch männlicher Eitelkeit, die im Gegensatz zur nüchternen Erscheinung des Lehrers stand. Der Duft erinnerte Eleni an das würzige Parfum, an dem sie im Zimmer der Pariser gerochen hatte. Wenn Kouros gern reiste, war er womöglich auch in Paris gewesen. Die Frage brannte ihr auf den Lippen, aber sie hatte nicht den Mut, sie zu stellen.

Eleni hatte das Haus des Lehrers noch nie betreten. Sie hatte ihn nie anders als hinter seinem Tisch vor einer Klasse lebhafter Schüler erlebt. Er war gerecht gewesen, gleichzeitig liebenswürdig und abwesend, immer gleicher Stimmung, zumindest hatte er so gewirkt.

Er trug die gleiche schwarze Hose, die sie damals an ihm gesehen hatte. Seine ebenfalls schwarze Jacke hing über einer Stuhllehne.

Kouros brach das Schweigen und erkundigte sich nach Elenis Gesundheit. Geduldig hörte er sich die Antwort an, lächelte und konzentrierte sich wieder auf seine Suppe. Er wusste aus Erfahrung, dass seine einstigen Schüler mit wenigen Ausnahmen ein konkretes Ziel hatten, wenn sie ihn besuchten, und dass sie eine gewisse Aufwärmzeit brauchten. Meistens baten sie ihn, einen Behördenbrief zu verfassen oder ihnen die komplizierten Begriffe eines offiziellen Schreibens zu erklären, das sie erhalten hatten. Oft betraf es eine Erbschaft oder eine gerichtliche Auseinandersetzung mit dem Nachbarn um die Grundstücksgrenzen.

Eleni war vor dreißig Jahren seine Schülerin gewesen, und wenn er ehrlich war, hatte sie keinerlei Spuren in seinem Gedächtnis hinterlassen. Ihre schulischen Leistungen waren sicher mittelmäßig gewesen, und auch ihr Äußeres hatte nichts Auffälliges. Er meinte sich zu erinnern, dass sie ein kleines Mädchen ohne Besonderheiten gewesen war.

Eleni schwieg weiter und sah sich immer noch um, als könnten ihr die Gegenstände im Raum zu Hilfe eilen. Aber die Dinge verharrten in grober Gleichgültigkeit und ließen sie ohne Eingebung.

Schließlich raffte sie sich auf.

»Professor, ich möchte gern, dass Sie ein Schachspiel für mich kaufen«, sagte sie und erschrak über die plötzliche Direktheit, mit der sich die Worte aus ihr gelöst hatten.

Der alte Mann hob den Kopf und sah sie an. Er versuchte seine Überraschung zu verbergen.

»Ein Schachspiel?«, wiederholte er, um Zeit zu gewinnen.

»Ja, genau«, entgegnete Eleni, ohne an weitere Erklärungen zu denken.

Kouros griff nach der Weinkaraffe und goss ihnen beiden nach. Irritiert machte er sich auf die Jagd nach weiteren Informationen.

»Schach ist ein sehr schönes Spiel. Es gehört zu den ältesten der Welt«, sagte er ausweichend. »Das Königsspiel, kann man sagen. Schwer, aber schön.«

Eleni verriet sich: »Sehr schwer?«, fragte sie mit einem kleinen Zittern in der Stimme.

Der Lehrer reagierte auf diese plötzliche Verzagtheit mit einer Lüge.

»Nein«, sagte er, »nicht allzu schwer.«

Er hatte etwas wahrgenommen, irgendwas war aufgeblitzt, das ihm zur Vorsicht riet.

»Für wen möchtest du das Spiel kaufen, Eleni?«, fragte er.

Kouros hatte die Gewohnheit bewahrt, seine ehemaligen Schüler zu duzen, sozusagen in Erinnerung an die Verbindung, die früher zwischen ihnen bestanden hatte. Eleni antwortete hastig, es sei für den Geburtstag ihres Mannes. Der Lehrer wunderte sich über die plötzliche Leidenschaft des Autoschlossers Panos für das Schachspiel. Es gab nur sehr wenige Griechen auf den Inseln, die sich mit diesem schwierigen Spiel beschäftigten, das lange Denkpausen verlangte. Kouros hatte es in seiner Jugend eine Zeit lang gespielt, aber bald wieder damit aufgehört, weil er keinen kompetenten Partner fand. Wahrlich eine komische Idee, die seine ehemalige Schülerin da hatte.

Er hätte Eleni gern offener ausgefragt, beließ es jedoch dabei, sich freundlich zu erkundigen, ob ihr Mann das Spiel schon beherrsche. Eleni schüttelte den Kopf. Kouros nickte nachdenklich.

»Vielleicht sollte man dann auch ein einfaches Lehrbuch kaufen, das die Spielregeln erklärt.«

Der Vorschlag gefiel Eleni, und der Lehrer willigte ein, den Auftrag auszuführen. Eleni holte ihr Portemonnaie hervor und zögerte. Sie wusste nicht, wie viel sie ihm für das Geschenk geben sollte, da sie keine Ahnung hatte, was es kosten würde. Kouros beruhigte sie. Er würde das Schachspiel von seinem Geld kaufen. Dann könnte sie ihm den genauen Betrag erstatten.

Ehe sie ging, betonte Eleni noch, dass er das schönste Spiel kaufen solle. Kouros versprach es.

Leichten Herzens machte Eleni noch einen Abstecher zu ihren Eltern, ehe sie in die Hauptstadt zurückfuhr. Ihr größtes Problem hatte eine wunderbare Lösung gefunden. Sie beglückwünschte sich zu ihrer Idee.

Die Rückfahrt war eine Vergnügungstour. Eleni fühlte sich wie an einem Sonntag in ihrer Kindheit, bei einem der seltenen Familienausflüge in die Umgebung. Alles erschien ihr besonders schön, die Vögel, die Farbe der Felder, der Himmel und der Meereswind, der die mageren Äste der Olivenbäume bewegte.

Am Donnerstagmorgen kam sie früher als üblich zur Arbeit. Sie war schon um Viertel nach fünf im Hotel und brachte die Gewohnheiten der Besitzerin ganz durcheinander, weil diese nicht wusste, was sie um diese Zeit mit Eleni anfangen sollte. Kein Gast verließ sein Zimmer vor halb sieben. Eleni lief in der Halle hin und her und blätterte zerstreut in den Zeitschriften, ungeduldig, ihre Runde zu beginnen. Sie wollte vor allem in Zimmer 17, um das Schachbrett der Pariser wieder zu sehen. Sie hatte Lust, die Holzfiguren zu berühren und ihre Verteilung zu studieren. Vielleicht hatte sie Glück und die Figuren waren in der Ausgangsstellung aufgebaut. Dann könnte sie lernen, sie richtig hinzustellen, und wenn Panos sein Geschenk erhielt, wäre Eleni schon imstande, ihnen ihren Platz zuzuweisen. Das wäre ein guter Anfang, der Panos ermutigen würde, sich auf die Entdeckung des neuen Spiels einzulassen.

Zu Elenis Verzweiflung schliefen die Franzosen bis in die Puppen. »Sie sind bestimmt spät ins Bett gegangen«, dachte sie, als sie die beiden endlich auf der kleinen Terrasse an ihrem Zimmer frühstücken sah. Das Lachen der jungen Frau unterbrach ein leise geführtes Gespräch. Als sie sich endlich entschlossen, das Hotel zu verlassen, war es schon halb elf. Die Pariserin trug einen Hut mit schmaler Borte auf dem Kopf und ein strahlendes Lächeln im Gesicht.

Eleni beeilte sich, Zimmer 11 zu beenden, dann betrat sie die 17. Sie wandte sich direkt zum kleinen Tisch, um zu sehen, ob das Spiel dort stand. Sie sah es sofort, aber zu ihrer großen Enttäuschung lagen die Figuren wild durcheinander auf dem Brett. Daneben standen zwei leere Gläser, die am Vorabend Ouzo enthalten hatten. Eleni versuchte, die Holzarmeen einander gegenüber aufzustellen, gab aber schnell auf. Sie musste sich eingestehen, dass sie nicht einmal die Namen der Figuren kannte. Zwei Pferde gab es, und auch das Königspaar hatte sie erkannt, aber die kleinen Teile mit den spitz zulaufenden Köpfen waren ihr völlig unbekannt.

Mit einem Seufzer machte sie sich an die Arbeit. »Verrückt«, dachte sie. »Professor Kouros hat ja gesagt, dass es schwer ist. Das ist nichts für Leute wie Panos und mich.«

Sie fühlte sich seltsam niedergeschlagen, als trete ihr zum ersten Mal ihr unausweichliches Schicksal vor Augen. Die Schmerzen, die sie manchmal in den Beinen spürte, wurden stärker.

Nach der Arbeit ging Eleni langsam nach Hause und kochte eine Kichererbsensuppe. Als Dimitra aus der Schule kam, hörte sie zerstreut zu, was die Tochter zu erzählen hatte. Nach dem Essen wollte sie gerade weggehen, als das Telefon klingelte. Sie meldete sich ohne Schwung und erkannte zu ihrer großen Überraschung Kouros' Stimme.

»Eleni«, sagte er, »ich bin in der Stadt. Pass auf. Ich war bei Andreas und habe ihn gebeten, in Athen ein schönes Schachspiel zu bestellen. Ich habe mir eine kleine Geschichte ausgedacht. Er ahnt nichts, mach dir keine Gedanken. Aber er hat mir von einem elektronischen Schachspiel erzählt.«

Eleni setzte sich. Mit schwacher Stimme, ohne den Mut, ihrem einstigen Lehrer zu sagen, dass sie es sich anders überlegt hätte, weil das alles völlig verrückt war, antwortete sie: »Aber das ist doch sicher noch schwieriger.«

»Überhaupt nicht«, versicherte Kouros mit unverhohlener Begeisterung. »Das Spiel funktioniert mit Batterien. Man kann es anschalten und allein gegen die Maschine spielen. So lernt man am besten. In meiner Jugend gab es das noch nicht. Die Technik macht unglaubliche Fortschritte, findest du nicht, meine kleine Eleni? Ich fürchte allerdings, dass das Schachspiel dann weniger schön aussieht. Du musst dich entscheiden.«

Eleni musste lächeln, obwohl sie der Mut verlassen hatte. Seit fünfzehn Jahren hatte sie niemand mehr »meine kleine Eleni« genannt. Sie gab dem Lehrer, der extra für sie in die Stadt gekommen war, freie Hand.

Nachdem sie aufgelegt hatte, blieb sie noch eine Weile auf ihrem Stuhl mitten im Flur sitzen und starrte auf die apfelgrünen Wände, von denen an einigen Stellen die Farbe abplatzte. Sie teilte Kouros' Begeisterung für den Fortschritt keineswegs. Ihr kam es eher so vor, als schliche er sich heimtückisch in alle Freiräume ihres Lebens und drängte sie selbst an den Rand.

Sie fühlte sich dieser modernen Welt zunehmend fremd. »Ich kann nicht mal Auto fahren, obwohl mein Mann eine Werkstatt hat«, dachte Eleni mit einem bisher ungekannten Gefühl der Erniedrigung. Und jetzt schlug Kouros ihr vor, gegen eine Maschine Schach zu spielen. Sie lachte auf, so komisch erschien ihr diese Vorstellung.

Sofort steckte ihre Tochter den Kopf aus der Zimmertür, um zu sehen, warum ihre Mutter allein im Flur saß und lachte. Eleni lächelte ihr zerstreut zu, stand auf, nahm ihre Tasche und ging hinaus.

Der große Tag kam heran. Am Vorabend hatte Eleni die Schach spielende Maschine bei ihrem Lehrer in Halki abgeholt. Nicht ohne Stolz hatte ihr der Alte das schwarzweiße Schachbrett überreicht, das die Schachfiguren in seinem Innern barg. Eleni war sehr enttäuscht gewesen, weil es so klein und nüchtern, geradezu steril wirkte, meilenweit entfernt von dem schönen Exemplar aus Holz, das den französischen Touristen gehörte. Da sie den Lehrer nicht verletzen wollte, hatte sie ihre Enttäuschung verborgen und ihm herzlich gedankt. Sie hatte ihm den Kaufpreis erstattet, der höher war als erwartet, und war mit der Teufelsmaschine und einem kleinen Handbuch unter dem Arm nach Hause gefahren. In der Stadt hatte sie schönes buntes Papier gekauft, um ihr Geschenk einzuwickeln.

Sie war früher als sonst von der Arbeit gekommen und hatte den Mittagstisch besonders schön gedeckt. Ihr Päckchen mit einer breiten Schleife thronte auf Panos' Teller. Er musste jeden Moment kommen. Eleni hatte ein Gefühl im Bauch, das sie als Lampenfieber beschrieben hätte, wenn sie den plötzlichen Adrenalinausstoß je zuvor kennengelernt hätte. Aber sie erlebte dieses Kribbeln zum ersten Mal. Nervös lief sie zwischen Küche und Wohnzimmer hin und her, schaute nach ihrem Braten, rückte die Teller auf dem Tisch zurecht.

Sie hörte, wie sich der Schlüssel im Schloss drehte, und füllte einen Krug mit Weißwein. Dimitra sprang ihrem Vater an den Hals und gratulierte ihm, Yannis schüttelte ihm männlich die Hand, und Eleni küsste ihn, ehe sie in der Küche verschwand, um ihre Aufregung zu verbergen. Als sie mit einem großen Teller Dolmades hereinkam, war Panos dabei, das Geschenkpapier zu zerreißen. Sie stellte den Teller in die Mitte des Tisches und setzte sich hin, ohne etwas zu sagen.

Panos entdeckte das Schachspiel mit unverhohlener Überraschung. Auch die Kinder beugten sich über das dicke Schachbrett, ohne den Sinn des Geschenks zu verstehen. »Verrückt!«, dachte sie.

»Das ist ein Schachspiel«, sagte sie.

Panos gab ein zögerndes, zustimmendes Grunzen von sich.

»Ich dachte, wir könnten es zusammen lernen«, fügte Eleni schüchtern hinzu.

Panos warf ihr einen ungläubigen Blick zu, dann lächelte er breit und dankte ihr herzlich für das originelle Geschenk. Er stellte das Schachbrett auf das Regal und nahm sich Dolmades.

Trotz einiger diskreter, aber hartnäckiger Anspielungen in den folgenden Wochen blieb das Schachspiel im Regal, ohne dass jemand es anfasste. Eleni staubte es regelmäßig ab, ließ ihren Lappen über die glatte Oberfläche gleiten und dachte wehmütig an das Pariser Paar, das schon lange abgereist war und nun in der französischen Hauptstadt seinen Geschäften nachging. Eleni stellte sich ein Leben voll Konfetti unter einem Sternenhimmel auf einer Blumenterrasse mit Blick auf den Eiffelturm vor und seufzte.

Auf Naxos erreichte die Saison ihren Höhepunkt. Manchmal stieg das Thermometer auf vierzig Grad im Schatten, und ohne den oft sehr kräftigen Wind wären die Touristen lebendig verbrannt. Nachts wälzten sich die Bewohner der Insel und ihre Gäste in feuchten Betten und suchten vergeblich Schlaf. Tagsüber schleppten sie sich träge durch die Straßen oder an den Strand.

Eleni war nicht unter ihnen. Die schlaflosen Nächte kamen sie am nächsten Tag in der endlosen Reihe der zu reinigenden Zimmer teuer zu stehen. Die Schmerzen in den Beinen gingen gar nicht mehr weg und weckten sie sogar nachts, in den seltenen Momenten, wenn sie endlich mal glücklich die Augen geschlossen hatte. Was sich jedoch als harter und glanzloser Sommer ankündigte, wurde zum großen Wendepunkt in ihrem Leben.

In einer besonders quälenden Nacht stand Eleni leise auf, um Panos nicht zu wecken, und setzte sich ins Wohnzimmer. Da sie weder las noch rauchte, wusste sie nicht, was sie mit diesen dem Schlaf geraubten Minuten anfangen sollte.

Da fiel ihr Blick auf das Schachspiel. Sie nahm es aus dem Regal, ging zum Tisch, setzte sich und ließ alle Figuren aus dem Bauch der Maschine purzeln, die noch niemand geöffnet hatte. Sie verteilten sich über den ganzen Tisch, ein paar fing Eleni auf, ehe sie zu Boden fielen.

Dann begann sie in dem kleinen Handbuch zu lesen. Zuerst bemühte sie sich, die beschriebenen Figuren zu erkennen. Sie erfuhr, dass die Pferde Springer heißen. Sie stellte beide Armeen einander gegenüber auf dem Schachbrett auf. Die erste Hürde war genommen. Zufrieden blickte sie auf ihr Werk. Das Spiel konnte beginnen.

Dann lernte sie, welche Bewegungen die verschiedenen Figuren ausführen dürfen. Die Bauern in der ersten Reihe schienen ihr nicht weiter interessant. Ihre Züge waren einfach, unveränderlich und ohne Schneid.

Der Springer mit seinen launischen und unvorhersehbaren Sätzen war wohl am schwierigsten zu beherrschen. Dreimal musste Eleni den Satz lesen: »Steht ein Springer auf einem schwarzen Feld, kann er nur die nächsten, aber nicht angrenzenden weißen Felder erreichen und umgekehrt.« Sie las ihn ein viertes Mal und wollte schon aufgeben, als sie eine Zeichnung entdeckte, die alle möglichen Züge des Springers darstellte. Mit einem leisen Seufzer setzte sie ihre Lektüre fort: »Verrückt!«, dachte sie.

Die Figur mit dem spitz zulaufenden Kopf, die sie in Zimmer 17 nicht hatte identifizieren können und die sie in so große Ratlosigkeit gestürzt hatte, war ein Läufer. Er nahm immer den kürzesten Weg und rannte quer über das Spielfeld. Vom König hätte sie mehr erwartet. Wie konnte eine so unbewegliche Figur den König verkörpern? Sie war zwar keine Spezialistin für Könige, hatte sich aber immer ein allmächtiges Wesen vorgestellt, dessen Leben aus Luxus und Prunk bestand. Dieser König hatte nichts Majestätisches an sich. Er war unfähig, sich selbst zu verteidigen, und musste ständig von den anderen Figuren geschützt werden. Dabei entschied er über das Ergebnis des Spiels. Eleni dachte eine Weile über dieses Paradox nach.

Von der Flexibilität der Dame hingegen war sie sehr beeindruckt. Wirklich eine furchterregende Figur, die mit ihren raschen Angriffen und den vielfältigen Möglichkeiten die Partie beherrschte. Die einzige weibliche Figur hatte also die meiste Macht. Diese subversive Vorstellung gefiel Eleni. Sie hätte beinah laut gelacht, hielt sich jedoch zurück, um Panos nicht zu wecken, der solche Fröhlichkeit mitten in der Nacht sicher nicht geschätzt hätte. Das mit der Königin musste sie unbedingt Katerina erzählen. Sie würde ihr nicht glauben.

Eleni stand auf und goss sich ein Glas Wasser ein, ehe sie weiterlas. Als sie sich endlich wieder hinlegte, war es vier Uhr. Ihr blieb nur noch eine Stunde zum Schlafen. In ihren Träumen sah sie eine Armee von Fantasiefiguren auf sich einstürmen, die in bunten Seifenblasen zerplatzten, ehe sie sie erreichten.

An diesem Tag litt Eleni nicht unter dem fehlenden Schlaf. Sie war zu aufgeregt von ihrer nächtlichen Lektüre. Sie fegte nur oberflächlich und beendete die Zimmer, so schnell sie konnte. »Man muss ja nicht jeden Tag ganz gründlich putzen«, sagte sie sich. Zu Hause machte sie schließlich auch nicht täglich sauber. Die Touristen würden den Unterschied nicht bemerken. Sie würden sich wohl nicht hinknien, um auf allen vieren den Zustand des Fußbodens unter ihrem Bett zu kontrollieren. Eleni hoffte doch, dass sie etwas Besseres mit ihren Ferien anzufangen wussten.

Die Gäste, die erst spät das Hotel verließen, brachten sie an diesem Tag zur Verzweiflung. »Los, geht schon!«, hätte sie ihnen gern gesagt, »genießt die Sonne und das Meer!« Ihre unausgesprochenen Ermahnungen wurden nicht befolgt; die Gäste ließen sich Zeit. Zum ersten Mal in ihrem Berufsleben fragte sich Eleni, ob sie diese Menschen mochte, die doch im Grunde furchtbar lästig waren.

Kaum war die Tortur der Arbeit und des Wartens beendet, eilte Eleni den Hang hinunter ins Stadtzentrum. Die Schmerzen in den Beinen, die sie sonst nur mühsam gehen ließen, waren vergessen. Sie lief direkt zu

Katerinas Haus und klingelte Sturm, trampelte geradezu vor Ungeduld mit den Füßen. Aber niemand öffnete ihr, die Freundin war nicht da. Ziemlich enttäuscht machte Eleni kehrt und ging nach Hause. Sie bereitete ein einfaches Essen für ihre Tochter zu, dann nahm sie sich wieder das Schachspiel vor und vertiefte sich in das Lehrbuch. Sie hörte kaum, wie ihr Sohn nach Hause kam, bemerkte ihn erst, als er vor ihr stand, und gab ihm einen flüchtigen Kuss. Yannis achtete nicht darauf. Er nahm sich aus dem Kühlschrank etwas zu essen und brach gleich wieder auf. Dimitra machte in ihrem Zimmer Hausaufgaben, und der Nachmittag verstrich in der konzentrierten Stille des Lernens.

Am nächsten Tag lehnte Eleni den Kaffee ab, den ihr die Eigentümerin des Dionysos wie jeden Morgen anbot. Maria war überrascht. Noch nie hatte Eleni auf das kleine Ritual verzichtet. Maria leerte ihre Tasse allein und sah sich dabei im leeren, schon von Sonne durchfluteten Speisesaal um.

Im Laufe des Vormittags traf sie Eleni im Flur. Die Frauen lächelten sich an. Es kam Maria so vor, als schiebe Eleni ihren Wagen leichtfüßiger als sonst.

Nach der Arbeit ging Eleni nicht bei Katerina vorbei, sondern gleich nach Hause, erfüllte eilig ihre häuslichen Pflichten und konzentrierte sich wieder auf ihr Schachspiel. Sie war entschlossen, den Stier bei den Hörnern zu packen, schaltete den Apparat ein und las aufmerksam die Anleitung. Man musste mit den magnetischen Figuren nur ein bisschen stärker auf das Feld drücken, auf das man gehen wollte. Sogleich registrierte die Maschine die Bewegung und bot ihre Erwiderung an. Das Feld, das sie anvisierte, wurde durch die Blinklichter bezeichnet, die sich am Rand jeder horizontalen und vertikalen Reihe befanden. Erst bezeichneten sie die Figur, die Eleni hochheben musste. Dann blinkte es dort, wo sie sie absetzen sollte. Bis dahin fand sie den Mechanismus nachvollziehbar.

Sie drückte auf den Knopf »Spielbeginn«, und die kleinen Lämpchen gingen an. Eleni setzte sich kerzengerade vor das Spiel. Sie musste den ersten Zug machen. Nach langem Überlegen schob sie einen der mittleren Bauern zwei Felder nach vorn. Die Maschine erfasste die Bewegung und signalisierte sofort ihre eigene Spielabsicht. Eleni führte sie aus. Jetzt war sie wieder an der Reihe. Sie machte den nächsten Zug. Der mühselige Vormarsch der Bauern ärgerte sie. Eleni wollte so schnell wie möglich die Dame ziehen. Die Bauern störten sie, aber sie ging Schritt für Schritt weiter. Die Springer ließ sie an ihrem Platz, weil sie nicht genau wusste, wie sie sie bewegen sollte, dafür zog sie die Läufer. Nach sechs Zügen holte sie die Dame hervor und stellte sie in die Mitte des Schachbretts, um so viele Felder wie möglich zu beherrschen.

Anstatt sich bedroht zu fühlen, sah der Computer die Bresche, die sie ungewollt geöffnet hatte. Er setzte sie in zwei Zügen matt. Eleni war fassungslos; sie hatte die Gefahr nicht kommen sehen. »Ich muss besser aufpassen. Ich habe mich einfach übertölpeln lassen«, sagte sie sich.

Sie stellte die Figuren wieder auf ihre Plätze, um neu anzufangen, da aber öffnete sich die Tür und Panos kam herein. Er rechnete damit, die Familie um den gedeckten Abendbrottisch versammelt zu sehen, und fand seine Frau um neun Uhr abends über das eingeschaltete Schachspiel gebeugt. Er war so sprachlos, dass er ihr nicht einmal Vorwürfe machte. Dann stellte er fest, dass Eleni auch nicht eingekauft hatte, also gar nichts zu essen da war. Sie sammelte hastig die Figuren zusammen und barg sie im Bauch der Bestie, während sie nach einem Ausweg suchte. Mit gespielter Fröhlichkeit erklärte sie, es sei keineswegs ein Versehen, sie wolle die Familie ins Restaurant einladen. Warum sollte man sich nicht ab und zu eine kleine Abwechslung gönnen? Panos staunte zwar über den ungewöhnlichen Vorschlag, wusste jedoch nichts einzuwenden. Und so endete der Abend in einem kleinen Fest.

Eleni machte sich insgeheim Vorwürfe für die unnötige Ausgabe, aber bald siegte ihr heiteres Wesen über die Gewissensbisse. Sie zog ihr schönstes Kleid an und half Dimitra, sich zu frisieren. Auf dem Weg zum Restaurant nahm sie fröhlich Panos' Arm. Wenn schon, denn schon, einmal ist keinmal, hatte sie sich gedacht und vorgeschlagen, bei Nikos zu essen. Unterwegs begrüßten sie einige Bekannte, dann ließen sie sich auf der Terrasse im Obergeschoss nieder, die einen wunderbaren Blick auf den Hafen bot. Sie aßen gebratene Garnelen und gefüllten Tintenfisch, tranken eine Flasche Weißwein und beobachteten die Anlegemanöver der Schiffe. Zur Verdauung spendierte ihnen Nikos noch eine Flasche Wein, und es wurde ein langer Abend. Panos war sehr charmant. Er erzählte einige Geschichten aus der Werkstatt und brachte die ganze Familie zum Lachen, indem er die Kunden nachahmte. Dimitra, die es nicht gewöhnt war, abends auszugehen, schwebte im siebten Himmel.

In dieser Nacht liebten sich Panos und Eleni voller Leidenschaft, was nicht mehr sehr häufig vorkam. Am nächsten Morgen beim Frühstück waren alle bester Laune.

Trotz des offenkundigen Erfolgs dieses Abends achtete Eleni von nun an darauf, ihre neue Beschäftigung vor den anderen zu verbergen. Eine Vorahnung sagte ihr, dass die Dinge vielleicht nicht immer einen so günstigen Verlauf nehmen würden und dass Panos von ihrem Lerneifer auf die Dauer wohl nicht begeistert wäre.

Deshalb suchte sie am nächsten Nachmittag ein sicheres Versteck für ihr Schachspiel. Auf dem Magnetbrett blieben die Figuren an ihrem Platz, wenn man eine Partie unterbrechen musste. Eleni dachte mit Dankbarkeit an ihren alten Lehrer, weil er dieses Modell ausgewählt hatte. Sie zögerte lange. Die Auswahl war beschränkt. Ihr fiel nicht ein, wo sie etwas vor der ganzen Familie verstecken konnte. Bisher hatte sie auch nie das Bedürfnis verspürt, irgendeine persönliche Ecke zu besitzen. Das erwies sich jetzt als Nachteil. Sie konnte doch nicht jedes Mal in den Keller gehen, wenn sie jemanden kommen hörte. Nein, es musste ein ebenso leicht zugänglicher wie verborgener Platz sein. Nach zweistündigem Nachdenken und intensiver Prüfung der Räumlichkeiten kam ihr eine geradezu geniale Idee. Sie würde das Schachbrett in der Tiefkühltruhe verstecken. Kein anderes Familienmitglied öffnete sie je. Sie würde eine Fläche freiräumen, auf der sie ihr Spiel in wenigen Sekunden unterbringen könnte. Höchst zufrieden mit diesem Einfall, hoffte sie nur, dass die Kälte nicht den Batterien schadete. Sie nahm sich vor, neue zu kaufen, falls die ersten ausfallen sollten.

Zwanzig Zimmer, vierzig Betten, achtzig weiße Handtücher und eine wechselnde Zahl zu leerender Aschenbecher. Elenis Vormittage wurden weiterhin von ihrer Arbeit in Anspruch genommen. Der einzige Unterschied war, dass sie jetzt immer Marias Kaffee ablehnte, um keine Zeit zu verlieren.

Diese plötzliche Änderung weckte das Misstrauen der Hotelchefin. Zuerst fragte sie sich, ob sie womöglich etwas gesagt hatte, das bei Eleni schlecht angekommen war. Sie suchte in ihrem Gedächtnis und fand nicht den geringsten Zwischenfall, der ihr Verhältnis hätte trüben können. Schließlich fragte sie Eleni geradeheraus, doch diese bestritt eilig jede Missstimmung und führte eine Überlastung mit häuslichen Pflichten an. Maria war von diesem Argument nicht überzeugt. Die neue Situation bedrückte sie; sie störte ihr Bedürfnis nach Harmonie.

Maria erzählte ihrem Sohn von Elenis verändertem Verhalten, der aber verstand nicht, worin das Problem lag. Eleni war da, um die Zimmer sauber zu machen, das tat sie. Alles andere ging seine Mutter nichts an. Maria musste zugeben, dass er recht hatte, trotzdem beschäftigte sie die Angelegenheit weiter. Nachdem sie verschiedene Hypothesen, eine so plausibel wie die andere, aufgestellt hatte, ohne zu einem befriedigenden Ergebnis zu gelangen, fragte sie sich schließlich, ob Eleni womöglich einen Liebhaber hatte. Das konnte man sich kaum vorstellen. Sie unterbreitete die neue Theorie ihrem Sohn, der sie rundweg auslachte und sagte:

»Ich würde es ihr jedenfalls wünschen.«

Maria fand diese Reaktion sehr unangebracht, sah jedoch ein, dass sie nicht auf ihren Sohn zählen konnte, um das Geheimnis aufzuklären.

Sie war nicht die Einzige, die sich über Eleni Gedanken machte. Katerina stellte sich die gleichen Fragen. Ihre Freundin kam nach der Arbeit nie mehr bei ihr vorbei. Sie war zwar ebenso freundlich wie früher, zeigte sich jedoch gänzlich unempfänglich für Baklava und Tratsch. Jedes Mal, wenn sie sich zufällig trafen, stand ein neues Hindernis einer längeren Plauderei entgegen.

Eleni fand die verschiedensten Vorwände. Sie hätte der Freundin gern die Wahrheit gesagt, wusste aber nicht, wie sie ihr die neue Leidenschaft offenbaren sollte. Katerina würde es sicher nicht verstehen. Das war auch ganz normal. Sie selbst begriff es ja kaum. Wie sollte sie die seltsame Faszination beschreiben, das Gefühl, in eine andere Welt einzutauchen? Eleni hatte keine Worte, um ihre heimliche Flucht zu beschreiben, ein Eckchen Leben, das ihr allein gehörte, in dem sich ein bisher ungeahnter Wissensdurst offenbarte. Also schwieg sie und webte weiter an einem Kokon von Ausflüchten.

Der Lernprozess vollzog sich keineswegs problemlos. Sie kam mit der Lektüre des Handbuchs und dem Verständnis der dargestellten, immer komplexer werdenden Situationen nur langsam voran.

Auch die zweite Partie gegen den Computer war nach acht Zügen verloren, obwohl sie viel vorsichtiger gewesen war und den Schwierigkeitsgrad auf die leichteste Stufe gestellt hatte.

Die dritte Partie wurde eine Katastrophe. Ihr elektronischer Gegner sandte ihr Signale, die sie nicht verstand. Sie versuchte, seinen Anweisungen zu folgen, aber die Ratlosigkeit war komplett, als er ihr anzeigte, dass er zwei Züge hintereinander ausführen wollte. Sie musste eine halbe Stunde in ihrem Buch suchen, ehe sie die Anzeige von zwei aufeinanderfolgenden Bewegungen von Turm und König verstand. Endlich fand sie den Grund dafür. Sie gewöhnte sich an die kleine, dann an die große Rochade. Die neue Entdeckung begeisterte sie: Instinktiv erfasste sie die Bedeutung, die diese List erlangen konnte, um dem Angriff des Gegners auszuweichen.

Sie kämpfte weiter mutig gegen die Gemeinheiten des Computers. Oft wurden ihre Bemühungen plötzlich von einem unerwartet heimkehrenden Familienmitglied unterbrochen. Einmal spielte Eleni gerade zwanzig Minuten, als der Computer einen unverständlichen Zug machte und ihren Bauern *en passant* schlug. Sie hatte gelernt, dass die Bauern nur diagonal schlagen konnten. Was der Computer ihr anzeigte, widersprach dieser Grundregel. Sie hielt es zunächst für einen Irrtum, aber das Gerät blinkte unverdrossen weiter. Diesmal verlor sie die Geduld.

»Warum redest du nicht, verdammtes Ding!«, rief sie.

Sie fegte die Figuren mit dem Handrücken vom Brett und sprang auf. Dann goss sie sich ein Glas Weißwein ein und leerte es in einem Zug. Ehe sie jedoch ihren ganzen Zorn an der Maschine auslassen konnte, hörte sie einen Schlüssel in der Tür und ließ das Spiel eilig verschwinden.

Yannis fand seine Mutter mit hängenden Armen mitten im Wohnzimmer stehend. Das bereitete ihm ein gewisses Unbehagen, aber ihr seltsamer Gesichtsausdruck hielt ihn von einer Nachfrage ab. Er begrüßte sie zärtlicher als üblich, ehe er in sein Zimmer ging. Als er sie auf die Wange küsste, roch er, dass sie mitten am Tag Wein getrunken hatte, was ihn ebenfalls überraschte. Er sagte sich, dass sie womöglich eine schlechte Nachricht erhalten hatte und dass er besser wartete, bis sie von selbst darüber sprach. Als wahrer Sohn seines Vaters und seiner Mutter, die ihm nie etwas anderes beigebracht hatten, dachte er auch, dass Frauen von Natur aus unverständlichen Stimmungsschwankungen unterworfen waren und dass man sie in solchen Momenten besser sich selbst überließ. Diese auf einem recht zweifelhaften Konzept beruhende Annahme kam diesmal allen gelegen.

Während Eleni am nächsten Morgen ihren Wagen durch die Hotelflure schob und auf den Aufbruch der Gäste lauerte, dachte sie nach. So konnte sie nicht weitermachen, mit dem elektronischen Schachspiel als einzigem Gegenüber. Die Hoffnung, Panos als Partner zu gewinnen, hatte sie schon lange aufgegeben, er zeigte nicht das geringste Interesse für das Spiel. Mit seiner Frau Schach zu spielen war für ihn von vornherein eine völlig absurde Idee, eine typisch weibliche Laune gewesen, unnötig, sich damit zu beschäftigen.

Zwanzig Zimmer, vierzig Betten, achtzig weiße Handtücher und eine wechselnde Zahl zu leerender Aschenbecher genügten Eleni nicht, um eine Lösung zu finden. Sie konnte schließlich nicht die Touristen, die das Hotel bevölkerten, bitten, mit ihr zu spielen. »Das ist alles verrückt!« Sie nahm ihre Tasche, verabschiedete sich herzlich von der Hotelchefin, deren Misstrauen ihr nicht verborgen blieb, und machte sich auf den Heimweg. Langsam, immer noch in ihre düsteren Gedanken versunken, ging sie den rissigen Hügel hinunter.

Als sie an der Hafenpromenade ankam, beobachtete sie eine Weile das große Schiff *Flying Dolphin* aus

Piräus, das gerade angelegt hatte und aus dem sich ein neuer Touristenstrom auf die Insel ergoss. Sie begann von einem Leben in Athen zu träumen, wo sie einmal mit Panos gewesen war und woran sie nur schwache Erinnerungen bewahrte. In Athen würde es dieses so schwer zu lösende Problem nicht geben. Sie könnte gehen, wohin sie wollte, spielen, mit wem sie wollte. Niemand würde es je erfahren. Sie könnte sich sogar in einem Schachklub anmelden.

Zum ersten Mal im Leben vernahm sie den Ruf der Ferne. Die Insel kam ihr auf einmal so entsetzlich klein vor, dass es sie geradezu erstickte. Nie zuvor hatte sie körperlich die Grenzen von Naxos wahrgenommen, ein kleines, vom Meer umgebenes Stück Land. »Und ich kann nicht mal schwimmen«, dachte sie, als könnte das irgendwas ändern.

Während sie auf der Mole stand und auf das Schiff starrte, das seinen dicken Bauch wieder geschlossen hatte und zum Ablegen bereit war, kam ihr der Zufall zu Hilfe. Eine magere, gebeugte Gestalt kam langsam auf sie zu. Eleni bemerkte sie nicht; sie kämpfte mit einem Unwohlsein. Ihr war plötzlich schwindlig, und sie musste sich auf einen Poller setzen, der glücklicherweise nur einen Meter entfernt war. Bis in den Kopf spürte sie ihren wilden Herzschlag, das Blut rauschte ohrenbetäubend.

Inzwischen war die Gestalt herangekommen und immer besser zu erkennen: Kouros.

»Na, meine kleine Eleni, sehen wir uns die Schiffe an?«, fragte er, als er neben ihr stand.

Erst jetzt bemerkte Eleni den Lehrer.

»Das ist die Hitze«, verkündete Kouros, der sogleich sah, dass etwas nicht stimmte. »Du darfst nicht hier in der Sonne sitzen bleiben. Komm. Wir gehen im Schatten etwas trinken.«

Mit einer Autorität, die den einstigen Lehrer verriet und die Zerbrechlichkeit seines Körpers Lügen strafte, nahm er Eleni am Arm, zog sie hoch und führte sie zu einem Café in der Nähe, dessen Stühle unter einer weit ausladenden Platane standen. Eleni hatte noch kein Wort gesagt.

Kouros bestellte zwei Orangeaden und wartete geduldig, bis sich Eleni wieder gefasst hatte. Nachdem er ein paar Schluck getrunken und die Frische des Getränks gelobt hatte, schien es ihm an der Zeit, sich ernsthaften Themen zuzuwenden.

»Meine kleine Eleni, ich bin ein alter Mann. Du solltest freiheraus mit mir sprechen. Wem soll man sich sonst anvertrauen, wenn nicht den Alten, die keine emotionale Verankerung in der Welt mehr haben?«

Eleni sah ihn überrascht an. Trotz ihrer Schwäche und der Mühe, ihre Gedanken zu sammeln, fiel ihr die Wendung »emotionale Verankerung« auf, und sie fand sie sehr elegant.

»Wenn ich so reden könnte wie Sie, Professor, wäre

es vielleicht einfacher«, antwortete sie aufrichtig, aber zurückhaltend.

Sie vertraute Kouros, aber die Verehrung, die sie ihm entgegenbrachte, machte ihr das Geständnis noch schwerer. Instinktiv erfasste sie bereits, dass er vielleicht der Einzige war, der ihr helfen konnte. Trotzdem gelang es ihr nicht, ihre Verzweiflung in Worte zu fassen. Das größte Hindernis war, dass sie sich lächerlich fand und sich schämte. War sie nicht bekannt für gleichbleibend gute Laune und gesunden Menschenverstand? Und jetzt geriet sie wegen eines albernen Spiels außer sich. Was sollte der Lehrer von ihr denken? Während ihr diese Gedanken durch den Kopf schossen, schwieg sie. Dann gab sie sich plötzlich einen Ruck und sagte ganz schnell, damit ihr keine Zeit blieb, es zu bedauern:

»Es ist wegen dem Schach.«

Kouros formulierte die nächstliegende Möglichkeit und fragte vorsichtig: »Panos hat das Geschenk nicht gefallen?«

Eleni schüttelte den Kopf. »Nein«, sagte sie.

Der Lehrer holte Blättchen und Tabak aus der Tasche und drehte sich eine Zigarette.

»Aber das Problem ist nicht Panos. Das Problem bin ich«, fuhr Eleni fort und war erleichtert, das Schwierigste ausgesprochen zu haben.

Kouros sah sie aufmerksam an. Diese nicht eben redegewandte Frau begann ihn zu interessieren. Es war geradezu heldenhaft, wie sie sich direkt in die Schlacht stürzte und nicht aufgab.

»Wenn du einen Partner suchst, meine kleine Eleni, will ich mich gern opfern«, sagte er lächelnd. »Obwohl ich schon lange nicht mehr gespielt habe und sich das Gehirn in meinem Alter nur noch widerwillig auf neue Höhenflüge einlässt.«

Elenis Gesicht erstrahlte.

»Das würden Sie tun, Professor? Das wäre wunderbar!«, rief sie und überhörte Kouros' letzte Bemerkung.

Der Lehrer nickte und zündete seine Zigarette an. Er war selbst ein bisschen erstaunt über den Vorschlag, den er eben gemacht hatte. Sicher war es eine gute Idee, wieder mal einer regelmäßigen Beschäftigung nachzugehen, die seine kleinen grauen Zellen stimulieren würde. Aber diese Entscheidung brachte auch eine beträchtliche Veränderung seiner Gewohnheiten mit sich. Aus Unlust oder Faulheit sah er nur wenig Menschen. Findet man sich mit der Einsamkeit ab, wird sie zur Freiheit. Es war ihm gelungen, seine Einsamkeit zu zähmen, sie sich zu unterwerfen; das war allmählich geschehen, mit den Jahren, kaum wahrnehmbar. Sein einziger Gesprächspartner zu sein war im Grunde ganz angenehm. Das reduzierte die Auseinandersetzungen. Außerdem konnte er sich seinen Grillen hingeben, wie er wollte. Seine Tage gehörten nur ihm allein. Und da man mit fast achtzig Jahren vernünftigerweise davon ausging, dass diese gezählt waren, wachte er eifersüchtig darüber. Er hatte das Privileg erworben, sich nicht mehr in Gesellschaft zu langweilen. Er konnte endlich schwänzen, anstatt offizielle Veranstaltungen zu besuchen, da er im eigentlichen wie im übertragenen Sinn keine Rolle mehr spielte.

Und jetzt gefährdete er ohne lange nachzudenken diese Zwanglosigkeit, für deren Erlangung er Jahre gebraucht hatte. Schach spielen war natürlich keine Ganztagsbeschäftigung, aber es war doch eine Verpflichtung, ein Versprechen. Hatte er das Alter der Versprechen nicht schon lange hinter sich gelassen?

Er ließ den Blick über das bunte Hafenleben schweifen: Lastwagen, die Waren ein- oder ausluden, Taxifahrer, die auf einer Bank diskutierten, während sie auf Kunden warteten, das Kommen und Gehen auf den Terrassen der Tavernen, Einheimische, die ihre Einkäufe erledigten und hier und da stehen blieben, um Bekannte zu begrüßen. Das Leben in Hora bestand aus Wiederholung mit Variationen. Aber das Gleichbleibende überwog bei Weitem die Veränderung, die sich vor allem auf Zahlen und Geldströme beschränkte. Wie starken Gezeiten unterworfen, schwoll die Bevölkerung im Sommer an und ebbte im Winter deutlich ab. Das schöne Wetter brachte etwas Abwechslung und die Devisen, von denen die Insel den Rest des Jahres lebte. Man musste zugeben, dass das Leben ohne den Zustrom der Fremden, darunter auch Athener, die in der Saison zum Arbeiten kamen, ziemlich trostlos gewesen wäre.

Eleni wagte den Lehrer nicht aus seiner Träumerei zu reißen. Sie hätte ihm gern ihre Dankbarkeit bekundet. Es war eine große Ehre, dass er bereit war, mit ihr zu spielen. Jetzt durfte sie ihn auf keinen Fall enttäuschen. Zu Hause würde sie sich gleich wieder in ihr Lehrbuch vertiefen.

Kouros unterbrach den Lauf seiner Gedanken mit der Schlussfolgerung, dass ihm eine kleine Abwechslung eigentlich nicht schaden konnte. Er lächelte Eleni herzlich an, rief den Kellner und bezahlte die Orangeade. Eleni protestierte, aber er wollte nichts hören. Dann überschüttete sie ihn mit Dankesworten, denen er ein Ende setzte, indem er aufstand und seine Sachen einsammelte.

Sie vereinbarten, dass Eleni einmal in der Woche zu Kouros nach Halki kommen würde, um eine Partie Schach zu spielen.

Von nun an hatte Eleni tatsächlich jede Woche eine geheime Verabredung, wie einige schon vermutet hatten. Die Treffen mit dem Lehrer waren ebenso schwer zu tarnen wie ein Liebesabenteuer. Sie musste einen Vorwand finden, um den ganzen Mittwochnachmittag, der für die wöchentliche Schlacht vereinbart war, für sich zu haben.

Am Anfang verhedderte sie sich in ihrem Lügennetz, aber mit der Zeit gewöhnte sie sich daran und entwickelte ein ausgeprägtes Improvisationstalent. Darüber staunte sie selbst am meisten. In der Regel gab sie vor, ihre alten Eltern zu besuchen.

Panos hatte nichts gegen diese neu aufwallende Tochterliebe einzuwenden, die er zwar ein bisschen übertrieben, aber natürlich fand.

Eleni lernte, dass sie am einfachsten verschwinden konnte, wenn sie nach der Arbeit gar nicht nach Hause kam. Wenn man sie nicht sah, konnte man sie nicht ausfragen oder zurückhalten. Ehe sie ins Hotel ging, holte sie das Schachspiel aus der Tiefkühltruhe und versteckte es in einer großen Tasche. Sobald die Zimmer fertig waren, nahm sie den Bus nach Halki.

Die ersten Partien waren anstrengend. Kouros erinnerte sich zwar an die Grundregeln, hatte jedoch alle Geheimnisse der Eröffnungen vergessen. Er musste regelmäßig im Lehrbuch nachlesen und sich zum ersten Mal seit Jahren um Konzentration bemühen. Elenis Verlegenheit wurde durch die Schweigsamkeit ihres Gastgebers und die ungewohnte Umgebung, in der die Begegnungen stattfanden, noch verstärkt. Aber allmählich entwickelten sich richtige Partien.

Jedes Mal, wenn sich Eleni vor das Schachbrett setzte und die beiden Armeen aufstellte, verspürte sie ein Ziehen im Unterleib. Ihre Hände wurden feucht und ihr Blick richtete sich auf Kouros, der seine erste Zigarette drehte. War dann der Eröffnungszug gemacht, versank sie in tiefer Konzentration, die sie vom Rest der Welt trennte. Der Lehrer bemerkte ihre außerordentliche Fähigkeit, ganz in die imaginäre Welt der Schlacht einzutauchen.

Im Laufe der Treffen verlor Eleni ihre Schüchternheit, und die Partien wurden länger. Sie entwickelte ein gewisses Strategiegefühl und brachte ihren einstigen Lehrer oft in Schwierigkeiten. Mit Hilfe des Computers, der immer seltener unverständlich blinkte, übte sie jeden Tag zu Hause.

In ihrer Begeisterung versuchte Eleni sogar, ihre Tochter für das ungewöhnliche Spiel zu gewinnen, aber Dimitra war eine erbärmliche Spielerin und merkte sich nicht mal die Bewegungen der einzelnen Figuren.

Eleni verzichtete bald darauf, die neue Leidenschaft mit ihr zu teilen, nahm ihr aber das Versprechen ab, niemandem ein Wort zu sagen. Diese Vorsichtsmaßnahme war unnötig. Dimitra war von Natur aus zurückhaltend und hing sehr an ihrer Mutter.

Mit ihren zwölf Jahren sah sie kein Problem darin, dass ihre Mutter Schach spielte. Der einzige Nachteil an der neuen Situation: Sie musste ihr Mittagessen jetzt oft allein zubereiten. Dimitra nahm diesen Umsturz der bisherigen Ordnung jedoch philosophisch und gewöhnte sich an, nur ihre Lieblingsgerichte zu kochen. Deshalb war ihr diese Veränderung ganz recht, die ihr mehr Pflichten auferlegte, ihr aber gleichzeitig größere Freiheit schenkte.

In der Familie war Eleni entspannt, in gleichbleibender Laune, wenn auch gelegentlich etwas zerstreut. Manchmal verlegte sie ihre Schlüssel, und nach langer Suche, an der sich die ganze Familie beteiligte, fand Dimitra sie im Kühlschrank, wenn sie sich etwas zu trinken holte. Dann stammelte Eleni Entschuldigungen und die Sache war erledigt, nur Panos brummte: »Irgendwann verlierst du noch deinen Kopf«, ohne zu wissen, dass ebendas bereits geschehen war.

Eleni bat Yannis nicht mehr, zum Abendessen nach Hause zu kommen, und versuchte Panos nicht mehr zurückzuhalten, wenn er ins Café gehen wollte. Sie reagierte stets mit einem freundlichen, für einen erfahrenen Blick eher gleichgültigen Lächeln. Sie hatte sich vorgenommen, Kouros zu schlagen. Das war ihr bis jetzt noch nie gelungen. Einmal hatte sie ein Remis erreicht, was schon ein beträchtlicher Fortschritt war. Ihren einstigen Lehrer zu schlagen kam ihr wie der Gipfel des Ruhms vor.

Um dieses ehrgeizige Ziel zu erreichen, probierte sie neue Strategien aus. Sie hatte gelernt, dass es manchmal besser war, am Beginn des Spiels eine Figur zu opfern, um sich einen Vorteil beim Angriff oder in der Stellung zu sichern. Dieser Trick trug den hübschen Namen Gambit.

In ihrem Lehrbuch fand sie Beispiele für große Partien, die von den Meistern seit dem 15. Jahrhundert gespielt worden waren. Die verschiedenen Eröffnungen und Strategien trugen glänzende Bezeichnungen. Eleni hatte schon das »Evans-Gambit« angewandt, das ihr sehr vorteilhaft erschien. Weniger überzeugt war sie von der »Ungarischen Partie«, und sie weigerte sich kategorisch, das »Göring-Gambit« auszuprobieren. Es kam nicht in Frage, sich auf eine Eröffnung mit diesem Namen einzulassen. Vielleicht war es eine zufällige Namensgleichheit, aber das Göring-Gambit, ob hilfreich oder nicht, war von vornherein ausgeschlossen. Eleni hatte ihre Prinzipien.

Die Berichte über große internationale Partien, die im Laufe der Jahrhunderte gespielt worden waren, beeindruckten sie sehr. Die Benennung nach großen

Nationen, bedeutenden Städten oder Personen, die die Schachkunst weiterentwickelt hatten, schüchterte Eleni ein, es schien ihr undenkbar, sich mit all diesen Berühmtheiten zu messen.

Jeden Tag musste sie ihren ganzen Mut zusammennehmen, um weiterzuspielen. Aber jedes Mal gewann ihre Neugier auf die Fortsetzung die Oberhand und erfüllte sie mit ungeahnter Hartnäckigkeit.

Vorsichtig tastete sie sich voran. Es bereitete ihr sogar ein gewisses Vergnügen, sich in der Aufzählung der Namen zu verlieren, die die Literatur den verschiedenen Spielweisen gegeben hatte: Spanische Partie, Wiener Partie, Moderne Cordel-Verteidigung oder einfach Cordel-Verteidigung, Richter-Rauser-Angriff, Max-Lange-Angriff, Sizilianische Verteidigung. Die Namen trugen sie durch die Jahrhunderte, führten sie in die Salons der Zarenresidenz im achtzehnten Jahrhundert oder in venezianische Paläste im fünfzehnten.

In ihrer Vorstellung wurden diese Partien in absolutem Schweigen von zwei in prächtige Gewänder gekleideten Gegnern ausgetragen. Andere Partien wurden womöglich vom Kommen und Gehen der Höflinge mit langen Perücken begleitet, die mit ihrem Geschwätz die Meister daran hinderten, sich zu konzentrieren.

Besonders gern hatte sie den »beschleunigten Drachen« und den »langsamen Drachen«, deren Namen sie nach China entführten, in die Verbotene Stadt, eine rote Welt voller Geheimnisse und Zauber. Der »beschleunigte Drache«, den sie schon gegen Kouros eingesetzt hatte, schien ihr eine der besten Methoden, den Gegner aus dem Gleichgewicht zu bringen und Weiß sehr schnell einen Vorteil zu sichern.

Meistens zog sie die offenen Spiele den geschlossenen vor, die ihr zu zaghaft erschienen. Unter den halb offenen Spielen weckte die »Französische Partie« Elenis Aufmerksamkeit, aber das war vielleicht Nostalgie, denn der Name führte sie an den Ursprung ihrer Leidenschaft zurück, erinnerte sie an das berauschende Parfum, an dem sie im Zimmer der Pariser gerochen hatte.

Langsam, aber sicher machte sie Fortschritte mit der Aneignung einiger Strategien. Sie ließ sich aber auch gern von ihrem Instinkt leiten und löste mit Zügen, die auf den ersten Blick nicht sehr logisch erschienen, Überraschung und Verwirrung aus. Solange der Gegner Zeit mit dem Versuch verlor, ihre Pläne zu durchschauen, war sie im Vorteil.

Kouros hingegen folgte klassischeren Schemata. Er hatte sein Lehrbuch schneller gelesen und eine Reihe geschickter Kombinationen erlernt. Da er noch ein gutes Gedächtnis hatte, wandte er sie ohne große Mühe an, während es Eleni manchmal schwerfiel, eine Taktik bis zum Ende durchzuhalten.

Trotzdem war Kouros nicht selten überrascht von der Kühnheit seiner früheren Schülerin. Das Spiel offenbarte eine Persönlichkeit, die sich deutlich von der unterschied, die Eleni im Alltag erkennen ließ.

Jedes Mal, wenn sie am Mittwochnachmittag zu ihm kam, hatte sie eine neue Idee im Kopf. Sie hatte die Woche damit verbracht, sich neue Strategien auszudenken, und wollte diese nun schnell ausprobieren. Von Spiel zu Spiel hatte Kouros immer größere Mühe, seine Vorteile in einen Sieg umzumünzen.

An einem Mittwochnachmittag im November kam Eleni mit glühenden Wangen zu dem alten Mann. Kaum hatte sie die beiden Armeen aufgestellt, versank sie in tiefer Konzentration. Kouros fragte sie, ob sie Kaffee wolle, und erhielt als Antwort nur ein Brummen, zwar höflich, aber ein Brummen. Elenis Augen waren schon auf das Brett gerichtet: Sie wiederholte in Gedanken eine Eröffnung, die sie ausprobieren wollte. Ihr Verhalten entlockte Kouros, der sie aus dem Augenwinkel beobachtete, ein Lächeln. Der Tag, an dem sie ihn gebeten hatte, das Schachspiel zu kaufen, lag lange zurück. Während sie damals nicht einmal den Mut gehabt hatte, sich richtig auf den Stuhl zu setzen, schien sie nun gar keine Verlegenheit mehr zu spüren. Sie begegnete ihrem früheren Lehrer immer noch mit demselben Respekt, war aber viel selbstbewusster geworden.

Kouros setzte erst mal Wasser auf und erkundigte sich nach der Gesundheit der Familie, ohne eine Antwort zu erhalten, die diesen Namen verdient hätte. Dann drehte er sich einige Zigaretten auf Vorrat, ehe er sich endgültig vor dem Schachbrett niederließ und eine Tasse mit kochend heißem Kaffee neben Eleni abstellte.

Eleni holte so schnell wie möglich alle Figuren heraus. Nach dem vierten Zug hätte sie rochieren können, tat es aber nicht. Kouros erinnerte sie etwas erstaunt an die Regel, nach der man eine Rochade früh im Spiel machen müsse, um den König zu schützen und dem Turm mehr Bewegungsfreiheit zu geben. Eleni lächelte und antwortete:

»Lassen Sie mich nur machen, Professor. Sie werden schon sehen.«

Sie führte weiter ihre Figuren in die Schlacht, auch die Dame, die sie vorteilhaft in der Mitte platzierte, von wo aus sie viele Felder kontrollierte. Nach acht Zügen von beiden Spielern standen bei Eleni nur noch der König und die beiden Türme auf ihren Plätzen, was ihr die Möglichkeit gab, nach Belieben eine kleine oder eine große Rochade auszuführen.

Deshalb wusste Kouros nicht, von welcher Seite er angreifen sollte. Eleni nutzte sein Zögern aus. Sie brachte ihn noch mehr aus dem Konzept, indem sie eine wichtige Figur opferte, und drang durch eine Bresche ein, die Kouros aus Unachtsamkeit geöffnet hatte. Als er sich endlich entschloss, seinerseits anzugreifen, machte sie eine große Rochade und brachte ihren König in Sicherheit. Dann gewann sie die Partie in fünf Zügen.

Sie traute ihren Augen nicht. Zum ersten Mal hatte sie ihren Lehrer matt gesetzt. Kouros gratulierte ihr herzlich, fühlte sich jedoch ein bisschen gedemütigt. »Das ist wohl das Alter«, dachte er mit einem Hauch von Wehmut. Trotzdem holte er eine Flasche guten Wein heraus, die er für einen besonderen Anlass aufgehoben hatte, und stieß mit Eleni an, die vor Freude außer sich war.

Die Gläser berührten einander mit einem zarten Klingen. Eleni küsste den Lehrer auf die Wange, worauf er heftig errötete.

Spontaner Körperkontakt, so unschuldig er auch sein mochte, hatte bei ihm stets eine gewisse Verlegenheit hervorgerufen. Solche Gefühlsäußerungen waren ihm absolut fremd. Umarmungen, auch vor Freude, auch unter Männern, waren nicht seine Art. Körperliche Nähe war für ihn nur in der Intimität des Beischlafs denkbar. Abgesehen davon war ihm jede Vertraulichkeit zuwider.

Sein Erröten erklärte sich aber mehr mit der Überraschung über Elenis unerwartete Regung. Kouros musste sich sogar eingestehen, dass er sich an die regelmäßigen Besuche der einstigen Schülerin gewöhnt hatte, die seine Zuneigung weckte. Die Schlichtheit ihrer Reaktion hatte beinah den Geschmack einer Kindheitserinnerung, einer anderen Beziehung zu den Menschen, die einstmals möglich gewesen wäre und die tief in ihm begraben lag.

Glücklicherweise war Eleni so mit ihrem Triumph beschäftigt, dass sie die Bestürzung, die sie bei ihrem Lehrer ausgelöst hatte, nicht bemerkte. Sie trank einen großen Schluck Wein und sah ihn mit strahlenden Augen an. Sie wusste nicht, wie sie ihre Dankbarkeit ausdrücken sollte. Deshalb hob sie etwas ungeschickt ihr Glas und sagte:

»Trinken wir auf das Abenteuer, Professor.«

Am nächsten Tag schien sich die Arbeit von selbst zu machen. Ein Liedchen trällernd schob Eleni ihren schweren Wagen vor sich her, begrüßte die Gäste herzlich und reinigte die Zimmer mit derselben Hingabe wie sonst. Der einzige Schatten auf dem Glück, das sie so schweben ließ, war die Unmöglichkeit, es mit jemandem zu teilen. Ein nicht wahrgenommener Sieg verliert seinen Reiz. Die riesige Freude, die Eleni an diesem Morgen erfüllte, musste ans Tageslicht und sich Gehör verschaffen, so wie der Vogel einen Ast sucht, um sein Lied zu singen.

Mehrmals setzte Eleni an, der Besitzerin des Dionysos ihre Geschichte zu erzählen. Aber nachdem sie eine Weile um sie herumgeschlichen war, ohne zu wissen, wie sie sie ansprechen sollte, gab sie das Vorhaben auf. Sie beendete ihre Arbeit mit einem kleinen Nachthemdgruß für eine junge Italienerin, die sie am Vortag in der Hotelhalle gesehen hatte, und ging.

Auf dem Hügel traf sie ihren streunenden Hund, der sie vorwurfsvoll ansah. Aber dieser Eindruck wurde wohl eher von ihrem schlechten Gewissen diktiert, denn sie hatte ihm seit mehreren Monaten kein Brot mehr mitgebracht. Schlimmer noch, sie hatte ihn einfach vergessen.

»Du hast recht«, sagte sie zu ihm. »Morgen mache ich es wieder gut. Aber ich habe eine Entschuldigung, weißt du. Ich musste Schach spielen lernen. Und das war schwierig.«

Der Hund warf ihr nur einen gleichgültigen Blick zu.

Eleni setzte ihren Weg fort. Sie musste einen anderen Vertrauten finden. Nach kurzem Nachdenken kam sie auf Katerina, die sie in letzter Zeit vernachlässigt hatte. Sie kaufte einen Strauß Nelken, ließ sie hübsch einpacken und besuchte ihre Freundin, die sie überrascht empfing.

Trotz ihrer Gastfreundlichkeit spürte Eleni, dass Katerina verletzt war. Sie kochte den gleichen dickflüssigen Kaffee wie immer. Die beiden Frauen wechselten ein paar nichtssagende Sätze, während sie das schwarze Gebräu auf dem Herd überwachten. Eleni wusste, dass sie eine Erklärung schuldig war, aber wie sollte sie in ein paar Worten die tiefgehenden Erfahrungen der letzten Monate zusammenfassen? Nach langem Zögern, nach vielen zurechtgelegten und sogleich wieder verworfenen Formulierungen, die ihr Gespräch etwas schleppend gestalteten, rang sie sich zu der einzigen Strategie durch, die sie für Geständnisse kannte. Sie rückte ohne Umschweife mit der Wahrheit heraus.

»Ich habe dich in letzter Zeit nicht besucht, weil ich zu sehr damit beschäftigt war, Schach zu spielen.«

Sie fügte hinzu: »Das ist ein Geheimnis. Außer dir weiß niemand etwas davon.«

Katerina starrte sie mit offenem Mund an. Der Kaffee begann zu brodeln, lief über und ergoss sich über den tadellos geputzten Herd. Katerina nahm ihn vom Feuer, kippte ihn in den Ausguss, wusch die kupferne Kaffeekanne aus, verbrannte sich die Finger und bereitete mechanisch einen neuen Kaffee zu. Sie sagte nichts.

Eleni machte sich schon Sorgen, wagte das Schweigen der Freundin aber nicht zu unterbrechen.

Katerina war zwischen verschiedenen Gefühlen hin- und hergerissen. Das erste war Ungläubigkeit. Bestimmt erzählte ihr Eleni diese absurde Geschichte nur, um etwas anderes zu verbergen. Ganz kurz tauchte der Gedanke an einen Liebhaber auf. Sie schaute verstohlen nach der Freundin, während sie die Kaffeekanne füllte, und sagte sich, dass dies nicht die Erklärung sein konnte. Elenis nachlässige Erscheinung, die blonden Strähnen, die dem stumpfen Braun ihrer Haare Glanz verleihen sollten, das Alter ... Es gab zwar ein neues Leuchten in ihren Augen, aber dieser Funke reichte trotzdem nicht aus, um einem Liebhaber Lust zu machen. Katerina stellte es mit einer gewissen Befriedigung fest, da sie selbst schon lange jede Hoffnung aufgegeben hatte, einen Mann zu finden.

Sie wischte den Herd ab und fragte, um Zeit zu gewinnen: »Mit wem spielst du denn?«

Aufgeschreckt durch das lange Schweigen zweifelte Eleni plötzlich an der Richtigkeit ihrer Beichte und antwortete: »Mit niemandem. Gegen die Maschine.«

Die vor dem Schachbrett verbrachten Stunden hatten ihre Beobachtungsgabe und ihr Misstrauen geschärft.

»Die Maschine?«, wiederholte Katerina, die gar nichts mehr verstand.

Eleni erklärte, dass sie Panos ein elektronisches Schachspiel geschenkt hatte und, anstatt ihrem Mann Lust zu machen, selbst von dem Spiel gepackt worden sei.

Katerina wollte ihr immer noch nicht glauben.

»Schach, das ist doch dieses schrecklich komplizierte Spiel, vor dem die Leute stundenlang sitzen, den Kopf in die Hand stützen und über den nächsten Zug nachdenken?«, fragte sie, um sich zu versichern, dass sie richtig verstanden hatte.

»Genau«, antwortete Eleni einfach.

Katerina füllte zwei Tassen und ging zum Tisch mit der Spitzendecke. Eleni folgte ihr. Katerina setzte sich in einen Sessel, dessen Armlehnen ebenfalls mit Stickarbeiten bedeckt waren, und schlürfte ihren Kaffee. Eleni wählte einen Stuhl mit einem flachen Kissen, auf dem ein kleiner Hund dargestellt war.

Nach mehreren winzigen Schlucken, zu denen sie

wegen der Temperatur des Kaffees gezwungen waren, fragte Katerina:

»Aber warum?«

Die Frage brachte Eleni in Verlegenheit. Sie dachte kurz nach. »Weil es mir gefällt.«

Sie wusste genau, dass sie etwas anderes sagen musste. Sie hätte das Gefühl beschreiben müssen, in ein anderes Universum einzutauchen, sobald sie vor dem Schachbrett saß. Sie hätte von dem Moment sprechen sollen, da sie im Zentrum der Schlacht stand und mit ihrem Gegner zu kämpfen begann, dessen Geschicklichkeit und Kraft sie zu würdigen wusste. Sie hätte ihrer Freundin von der Vertrautheit der beiden Spieler erzählen können, die sich aneinander maßen, von der seltsamen Nähe, die sie vom Rest der Welt trennte. Sie hätte gern die erstaunlichen Fähigkeiten der Dame und die Schwäche des Königs beschrieben, aber sie tat es nicht.

Auch wenn ihr das Sprechen leichter gefallen wäre, hätte sie Katerina nicht überzeugen können, die nur das Äußere wahrnahm: ein Brett mit vierundsechzig Feldern, weiße und schwarze Figuren und zwei stumme Personen, die mit größtem Ernst und nach oft stundenlangem Überlegen ihre Züge machten.

Eleni hätte auch von den eleganten Frauen sprechen können, die in Paris mit ihren Männern Schach spielten, aber sie war sich nicht sicher, ob dieses Argument das Verständnis der Freundin erleichtern würde.

Als sie Katerina ansah, begriff sie, dass diese ihr kleines Abenteuer als Ablehnung der Welt betrachtete, in der sie sich ihr Leben lang bewegt hatten und die in ihren Augen unveränderlich war, ein Fels in der Ägäis. Auf keinen Fall durfte man die tragenden Säulen ihres Lebensgebäudes erschüttern, die Gewohnheit, Wiederholung und Variation hießen.

Mit der Erwähnung der Pariserinnen hätte Eleni einen noch viel schlimmeren Fehler begangen. Sie hätte das kleine Liedchen verraten, das an manchen Tagen bei starkem Wind durch ihren Kopf fegte.

Also schwieg sie und begnügte sich mit einem Lächeln. Die Lust, von ihrem großen Sieg zu sprechen, war ihr vergangen. Da sie den Lehrer nicht erwähnt hatte, konnte sie auch nicht von der gewonnenen Partie erzählen.

Katerina versuchte zunächst, Eleni ein paar zusätzliche Informationen zu entlocken, angesichts ihrer Zurückhaltung, weitere Einzelheiten preiszugeben, wechselte sie aber bald das Thema. Sie erzählte wie gewohnt den neuesten Tratsch und freute sich, dass Eleni über nichts Bescheid wusste.

Nikos' Geschäfte liefen angeblich nicht gut. Seine junge Frau gab zu viel Geld aus. Einmal im Monat fuhr sie zum Einkaufen nach Athen! Sie behauptete natürlich, es sei für das Restaurant, aber darauf fiel niemand herein. Höchstens Nikos selbst, meinte Katerina mit einem boshaften Lächeln.

In der Stadt erzählte man sich hinter vorgehaltener Hand, Yörgos' Tochter sei schwanger. Bis jetzt sah man noch nichts, aber das würde sich bald ändern. Schwer zu sagen, wer der Vater war, denn sie trieb sich ja mit jedem rum.

Katerina lauerte auf Elenis Reaktion, aber sie schien die Neuigkeit nicht angemessen zu würdigen. Sie wirkte sogar etwas abwesend, dann antwortete sie, dass man besser warten sollte, bis die Schwangerschaft bestätigt sei, ehe man sich in Hypothesen erginge. Sie hatte dieses ungewöhnliche Wort verwendet, ohne nachzudenken. Vielleicht hatte sie es bei Kouros gehört, oder es war schon immer da gewesen, hatte im Schatten gelauert, bereit, bei der ersten Gelegenheit hervorzuschießen. Eleni hätte es nicht zu sagen gewusst. Katerinas Reaktion ließ nicht auf sich warten. Sie sah sie erstaunt an, dann lachte sie los.

»Wie redest du denn, meine Liebe?«

Eleni war verwirrt, ließ sich aber nichts anmerken. Sie stimmte in Katerinas Lachen ein und antwortete: »Du hast recht. Was für ein komisches Wort. Ich habe es bestimmt im Fernsehen gehört.«

Sie setzten ihr Gespräch fort. Eleni zeigte mehr Anteilnahme und erzählte drei Anekdoten aus dem Hotel, über die sich Katerina amüsierte. Sie fanden eine Spur ihrer einstigen Vertrautheit wieder. Katerina servierte sogar ein Gläschen Ouzo, und sie stießen darauf an, dass sie wieder vereint waren.

Nach einem Stündchen verabschiedete sich Eleni, weil Panos sie erwartete. Die Frauen umarmten sich und versprachen einander, sich bald wieder zu treffen.

Als Eleni die Freundin verließ, dachte sie ein bisschen traurig: »Mein Geständnis hat nichts gebracht. Es war dumm von mir. Der Einzige, mit dem man sich über ein gewonnenes Schachspiel freuen kann, ist natürlich ein Schachspieler.« Sie musste ihre Einsamkeit akzeptieren. Sie hatte das Abenteuer allein begonnen, sie musste es allein fortsetzen. Ihr einziger Gesprächspartner würde der Lehrer sein, den ihr der Himmel in einem Anflug von Großzügigkeit geschickt hatte.

Als Eleni weg war, wusch Katerina die Gläser und Tassen und bereitete ihr Abendessen zu. »Schach spielen!«, dachte sie. »Man muss sich wirklich schrecklich langweilen, um auf so eine Idee zu kommen.« Bei der Vorstellung, wie sich Eleni mit ihren blonden Strähnen und den abgearbeiteten Händen über ein Schachbrett beugte, musste sie plötzlich lachen. »Eigentlich ist die Geschichte unglaublich komisch«, sagte sie sich, während sie ihre Kartoffeln schälte.

»Eleeeni!«, brüllte Panos am nächsten Tag, als er mitten am Nachmittag nach Hause kam, was er sonst nie tat.

Kaum war die Neuigkeit bis zu ihm gedrungen, hatte er die Werkstatt verlassen und war nach Hause gerannt.

»Eleeeni!«

Alarmiert von seinem Geschrei kam sie angerannt.

»Willst du mich umbringen?«, zeterte er, als er sie sah.

Eleni, ein Staubtuch in der Hand, verstand kein Wort. In Gedanken suchte sie in ihren letzten Handlungen und Worten nach etwas, das ihrem Mann zum Verhängnis geworden war. Sie fand nichts.

»Wie konntest du so etwas nur tun?«, brüllte er und schüttelte sie.

Vielleicht verhalf ihr das Gerüttel zu plötzlicher Klarsicht. »Katerina«, dachte sie.

»Ich weiß nicht, wovon du redest«, sagte sie ruhig zu Panos, der sie losgelassen hatte und ihr geradezu flehend in die Augen sah.

»Ganz Hora redet darüber, dass du deine Zeit mit Schachspielen verbringst.«

»Und? Was ist daran schlimm?«

»Der ganze Hafen lacht über mich!«, jammerte er.

»Ich verstehe nicht, weshalb«, antwortete Eleni voller Würde. »Das hat doch nichts mit dir zu tun.«

»Wenn du dich lächerlich machst, machst du mich auch lächerlich. Sie halten mich für den Mann einer Verrückten. Mein Ruf ist hin! So ist es nun mal. Das weißt du genau. Man muss sich an die Regeln halten.«

Eleni antwortete nicht. Es gab nichts zu sagen. Es stand nicht gut für sie. Sie wusste genau, dass es für Panos unerträglich war, dem Spott der Leute ausgesetzt zu sein. Aber sie wusste auch, dass es nicht lange dauern würde. Bald würden sich die Leute daran gewöhnen. Andere, lustigere Neuigkeiten würden diese verdrängen.

Panos, der eigentlich nur ungern mit Eleni stritt, beendete das Schweigen, das sich zwischen ihnen breitgemacht hatte.

»Also gut. Wir müssen eine Lösung finden. Letzten Endes ist das Ganze einfach Quatsch. Wenn du sofort mit diesem Spiel aufhörst und sagst, dass es nur ein blödes Gerücht, eine Erfindung der Schwatztanten war, verzeihe ich dir.«

»Niemals«, hörte sie sich sagen.

Die Reaktion ließ nicht auf sich warten. Panos wurde dunkelrot und schlug so heftig mit der Faust auf den Tisch, dass die Deckenlampe erzitterte. Eleni drehte sich um, ging ins Wohnzimmer und wollte weiter sauber machen. Panos stürmte ihr nach und begann polternd Schubladen und Schranktüren aufzureißen, um den Tatgegenstand ausfindig zu machen. Die Möbel knallten in alle Richtungen, verschiedene Dinge flogen durch die Luft und fielen zu Boden. Eine Vase, ein seit fünfundzwanzig Jahren sorgsam gehütetes Hochzeitsgeschenk, zerbrach. Eleni stand unbeweglich mitten im Zimmer und sah zu, wie Panos immer mehr außer sich geriet. Natürlich fand er nichts. Das Schachspiel stand schön frisch in der Tiefkühltruhe.

Nach einer Stunde vergeblicher Suche verließ Panos türenknallend das Haus. Eleni machte sich ruhig daran, die auf dem Boden herumliegenden Gegenstände aufzuräumen.

In den nächsten Wochen wechselten Panos und Eleni kein Wort und vermieden jeden überflüssigen Kontakt. Diese Lebensweise erwies sich als schwierig, aber machbar.

Paradoxerweise musste man dazu den Tagesablauf des anderen besser kennen und ihm mehr Aufmerksamkeit widmen. Die getrennten Partner mussten einander nachspionieren, um zu wissen, wann der andere kam und ging. Sie kommunizierten nur, wenn es unumgänglich war, und auch dann nur über die Kinder.

Yannis fand die neue Situation eher amüsant, versuchte aber trotzdem, sich so oft wie möglich aus dem

Staub zu machen. Die Kommentare seiner Freunde, die von Elenis neuer Beschäftigung erfahren hatten, machten ihn wütend. Er ärgerte sich über seine Mutter, die sich ihr Leben lang tadellos verhalten hatte und nun mit einem Schlag ein so befremdliches Verhalten an den Tag legte. Er war gewöhnt, dass sie ausgeglichen und gut gelaunt ihre täglichen Pflichten erfüllte. Sie hatte sich bisher weder für die Zeitung noch für eine andere geistige Betätigung interessiert. Yannis hatte nie ein Buch im Haus gesehen, abgesehen von Schulbüchern und einem Kochbuch, das Eleni von einer entfernten Verwandten zur Hochzeit bekommen hatte. Sie hatte das Geschenk als persönliche Beleidigung angesehen, das Buch war in der Tiefe eines Schrankes verschwunden und nie wieder ans Tageslicht gekommen. Für Yannis' Eltern war das Lernen an dem Tag beendet, an dem sie die Schule verlassen hatten, also sehr früh.

Deshalb war diese Leidenschaft für das Schachspiel in Yannis' Augen nur noch ungehöriger. Er fragte sich insgeheim, ob der radikale Wandel im Verhalten seiner Mutter womöglich mit einer frühzeitigen Menopause zu erklären sei. Ein Freund hatte ihm diese Erklärung angeboten, und sie erschien ihm überzeugend. Er versuchte, mit seinem Vater darüber zu sprechen, aber der sah ihn nur abschätzig und verbittert an. Keine Kinder mehr bekommen zu können war das eine, aber deswegen an solchen Symptomen zu leiden ...

Panos selbst hatte unauffällig Nachforschungen angestellt, und das Ergebnis ließ keine Zweifel zu: Kein Bewohner von Naxos hatte je von einem Zimmermädchen gehört, das eines Tages angefangen hatte, Schach zu spielen, und das diese Aktivität als unveräußerliches Recht für sich beanspruchte. Ausgerechnet ihn musste es treffen.

Der ganze Hafen sprach darüber und alle lachten. Panos konnte keinen Schritt mehr gehen, ohne dass ihm ein Bekannter eine spöttische Bemerkung nachrief. Selbst als Hahnrei hätte er sich besser gefühlt. Ehebruch war ein schändliches Verbrechen, aber vorstellbar. Ein Verrat aus Liebe war nicht zu akzeptieren, durfte aber ausgesprochen werden. Dafür gab es einen Ehrenkodex. Hier aber stand er hilflos dem allgemeinen Hohn gegenüber. Sollte er einfach behaupten, dass seine Frau den Verstand verloren habe? Er zögerte. Mit einer verrückten Frau zu leben war noch unangenehmer als mit einer untreuen.

Dimitra, die keine Möglichkeit hatte, sich der belastenden Atmosphäre im Haus zu entziehen, litt besonders unter dem Schweigen, das jetzt über ihnen lag wie Morgennebel im Frühling, den die Sonne nicht vertreiben kann. Sie hätte ihre Mutter gern verteidigt, da sie nicht verstand, welches Verbrechen sie begangen hatte. Aber sie konnte auch nicht nachvollziehen, weshalb sich Eleni auf ihre Position versteifte. Noch nie in ihrem ganzen Leben hatte sie ihre Mutter etwas mit solchem Nachdruck für sich beanspruchen sehen. Dieses Spiel, das Dimitra so langweilig fand, war ein komischer Grund für solche Feindseligkeiten.

Eleni war voller Mitleid für den Kummer ihrer Tochter. Dass Dimitra unter diesen unglücklichen Umständen zu leiden hatte, erschien ihr unzumutbar. Das arme Kind wurde unschuldig zur Geisel. Eleni wusste es, konnte ihr aber nicht erklären, weshalb sie nicht nachgeben wollte. Sie hatte es mehrmals versucht, aber vor Dimitras freundlichem Unverständnis den Mut verloren. Große Worte waren noch nie ihre Sache gewesen. Beim Schach soll man schweigen, anstatt sich in heiklen Erklärungen zu ergehen. Eleni hatte schon mehrere unverzeihliche Fehler begangen, weil sie glaubte, sich über die ungeschriebenen Gesetze der Insel erheben zu können, deshalb musste sie vorsichtig sein. Außerdem hatte sie sich die schlimmste Vertraute ausgesucht, die man sich vorstellen konnte. Es war besser, erst mal in Vergessenheit zu geraten und ihr letztes Bollwerk zu opfern, die liebevolle Vertrautheit mit ihrer Tochter.

Eleni durchlebte eine Zeit großer Mutlosigkeit. Mehrmals war sie im Begriff, den Kampf aufzugeben und öffentlich zu verkünden, alles sei nur eine Lüge, niemals habe sie etwas so Lächerliches getan wie Schach spielen. Aber das Unglück war geschehen. Was sie auch sagen konnte, niemand würde ihr noch glauben. Katerina hatte ordentliche Arbeit geleistet. Eleni kannte sie gut genug, um zu wissen, dass sie keine halben Sachen machte. Ein dauerhaftes und unwiderrufliches Gerücht zu verbreiten war ihr größtes Talent.

Abgesehen von ihrem getreuen Lehrer, der sie oft anrief, erhielt Eleni keinerlei Freundschaftsbekundungen. Die Leute starrten sie an wie ein seltsames Tier, und sie erlebte zum ersten Mal am eigenen Leib, wie unangenehm es war, im Zentrum der Aufmerksamkeit zu stehen. Sie konnte in der Stadt keinen Schritt gehen, ohne dass man sich nach ihr umdrehte. Sie spürte sogar die Blicke in ihrem Rücken.

Die jüngsten Ereignisse lehrten sie, dass sie in dieser Gemeinschaft, die sie bisher immer wie eine warmherzige Umhüllung empfunden hatte, keine Freunde hatte. Die Welt, in der sie groß geworden war, hatte sie nie dazu getrieben, echte Verbündete zu suchen. In einer so klar begrenzten und niemals verlassenen Umgebung werden Beziehungen selten auf die Probe gestellt. Man trifft sich täglich, grüßt, lächelt, tauscht ein paar Neuigkeiten, ein paar Küchenrezepte aus. In der fest gefügten Vertrautheit ist Freundschaft wie ein überflüssiger Luxus. Die plötzliche Offenbarung ihrer Einsamkeit überraschte Eleni. Sie hätte sich möglicherweise vernachlässigt gefühlt, aber niemals allein. Ihre Arbeit und der Familienalltag hatten sie so ausgefüllt, dass sie sich nie die Zeit genommen hatte, bewusst auf die anderen zuzugehen, um mit ihnen vertraut zu werden, sie zu erobern.

Seitdem sie Panos kennengelernt hatte, hatte sie sich nie mehr von jemandem angezogen gefühlt, gleich ob Mann oder Frau. Kein Bedürfnis hatte sie hinausgetrieben. Sie kannte den Schmerz der Zurückweisung ebenso wenig wie das Glück zu gefallen. Sogar Katerina war irgendwie eine unvermeidbare Freundin gewesen. Sie waren zusammen zur Schule gegangen, der Lehrer hatte sie nebeneinandergesetzt, und daraus war eine rein zufällige Nähe gewachsen, die durch die Gewohnheit fortgeführt wurde. Weiter nichts. Eleni hatte sich nicht nach den Gefühlen gefragt, die sie für Katerina hegte. Es tat ihr aber auch nicht sonderlich weh, sie verloren zu haben. Ihr Verrat verletzte sie nicht. Sie hatte nur Gleichgültigkeit für sie übrig.

Was sie wirklich beschäftigte, war die Schwierigkeit, Kouros zu treffen und Schach zu spielen. Eine Zeit lang hatte sie nicht viel an ihren Gewohnheiten geändert. Sie war nur etwas vorsichtiger mit ihren Ausgehzeiten geworden.

Dann aber, als sie sich immer stärker überwacht fühlte, sogar von ihrem eigenen Sohn, musste sie die Taktik ändern. Bei ihrem letzten Besuch vertraute sie Kouros das Schachbrett an, der es bei sich behielt.

Angesichts ihres jetzigen Ehelebens beglückwünschte sich Eleni, dass sie nie daran gedacht hatte, ihren Beruf aufzugeben. Das Hotel war ein Anderswo, in das sie sich flüchten konnte, ein Hafen zur Welt, bewohnt von sorglosen Geschöpfen, die nichts von den Sorgen der pistaziengrün gekleideten Putzfrau ahnten, die ihren Wagen durch die langen Flure schob. Glücklicherweise blieb das Hotel auch außerhalb der Saison geöffnet. Es gab zwar weniger Arbeit, aber ein paar Städter suchten immer Erholung auf der Insel. Das Hotel Dionysos war eine gute Adresse, ein Geheimtipp mit vielen treuen Gästen. Einige Zimmer verfügten über eine Heizung und dienten den Stammgästen im Winter als Zuflucht. Ein englisches Rentnerpaar, das hier einen Teil der kalten Jahreszeit verbrachte, ein amerikanischer Schriftsteller und ein paar Touristen auf der Durchreise ließen die Herberge während der ruhigen Zeit überleben.

Die Hotelbesitzerin hatte natürlich die Gerüchte gehört, die durch die Stadt flitzten wie Ratten durch einen Keller. Erst wollte sie es kaum glauben, dann fand sie die Vorstellung amüsant. Ihr Sohn hatte ihr eindringlich geraten, Eleni nichts spüren zu lassen, das schien auch Maria die beste Haltung zu sein. Sie hatte bisher nichts gesagt und würde auch jetzt nicht damit anfangen. Trotzdem verspürte sie einen gewissen Respekt für ihre Angestellte, die den Regeln der Gemeinschaft mit ungeahnter Hartnäckigkeit trotzte.

Maria konnte sich ihr Zimmermädchen allerdings nur schwer vor einem Schachbrett vorstellen. Der Gedanke kam ihr sogar etwas lächerlich vor, aber das war unerheblich. Sie bewunderte Elenis Widerstandsgeist und hätte ihr gern geholfen.

So verstrichen weitere vier Wochen in einem feindseligen Schwebezustand. Weihnachten und Neujahr gingen vorbei, ohne eine spürbare Verbesserung in der Beziehung zwischen den Eheleuten zu bringen. Jeder irrte allein durch den Raum wie ein freies Elektron in einem Universum fester Materie. Mit schwerem Herzen, vollem Kopf und nach innen gewandtem Blick.

Panos spielte weiter den fröhlichen Spötter, war aber mit dem Herzen nicht dabei. Eleni verschanzte sich hinter gespielter Gleichgültigkeit, die Kinder trugen ihre Verstörtheit durch die Straßen der Stadt, und der alte Lehrer wurde immer zerstreuter. Wenn er auf dem Markt von Halki einkaufte, mussten ihm die Händler immer wieder hinterherrennen, weil er seine Ware liegen gelassen hatte. »Was willst du machen«, sagten sich die Leute, die ihn gedankenverloren vorbeischlendern sahen, »er wird alt. Er verabschiedet sich von der Außenwelt. Das ist der Lauf der Dinge.«

Sie täuschten sich ganz und gar. In Wirklichkeit hatte sich Kouros in ein höchst irdisches Abenteuer gestürzt, das ihn verjüngte. Er überlegte nur, wie er vorgehen sollte. Er wusste, welche Last auf die Schultern der armen Eleni drückte. Der Bann war die Strafe der Gemeinschaft für all jene, die sich nicht den ungeschriebenen Regeln beugten. Gerade die Vertrautheit mit der Fassungslosigkeit, die Eleni verspürte, machte ihn vorsichtig. Er wusste aus Erfahrung, dass man von der Andersartigkeit nicht in die vertraute Welt zurückkehrt wie von einem Spaziergang im Wald. »Jedes Abenteuer zieht uns in die Ferne«, sagte er sich eines Abends nachdenklich, während er die Karotten für seine Suppe schälte. »Es nimmt uns mit auf sein Boot, und wenn wir zurück ans Ufer wollen, stellen wir fest, dass es unmöglich ist. Ich hätte sie warnen müssen!«, warf er sich vor. Die Gewissensbisse quälten ihn und raubten ihm den Schlaf.

Was würde aus ihr werden, wenn sie sich von ihrem Mann trennen musste? Nichts hatte sie auf die Einsamkeit vorbereitet. Sie kannte nicht den Trost der Bücher, die ihm stets Gesellschaft geleistet hatten. Das war ein großer Unterschied. Bei ihm nahm die Lektüre sogar einen Platz ein, den er nie einem Menschen eingeräumt hatte. Warum sein Leben mit sinnlosem Alltagsgeschwätz vergeuden, wenn man in einen Dialog mit den besten, den aufregendsten Denkern aller Zeiten treten kann? Warum sein Leben mit durchschnittlichen Geschöpfen bevölkern, die womöglich anziehend sind, aber keine scharfen Denker, wenn man die Wahl hat, Platon, Seneca und Proust zu besuchen?

Völlig fremd war ihm der Kult um das, was die Welt gemeinhin als Wirklichkeit, als Grundstoff der Existenz bezeichnete. Über die triumphierenden Mienen, mit denen sich seine Zeitgenossen in den Alltagskampf warfen, konnte er nur lächeln. Er hatte nie eingesehen, was heldenhaft daran war, sich auf die ebene, glatte Oberfläche des menschlichen Daseins in seiner banalsten Ausformung einzulassen. Als er klein war, hatten ihm seine Eltern oft vorgeworfen, der Realität zu entfliehen. Sie taten so, als hätten sie damit die Feigheit eines Verhaltens enttarnt, das darin bestand, sich so schnell wie möglich der unumgänglichen Alltagsaufgaben zu entledigen, um zu seinen Büchern und seinen Träumen zurückzukehren. Sie fühlten sich verletzt von der Langeweile, die er unverhohlen jener Seite des Lebens bekundete, die für sie die einzige war. Der Abgrund war immer tiefer und schließlich unüberwindbar geworden.

Schon mit dreizehn war er ein Anhänger der Philosophie, alle nannten ihn den »Intellektuellen« und wussten, dass er etwas Besonderes werden würde. Kouros war der Erste in seiner Familie, der sein Brot nicht mit den Händen verdiente, der sein Überleben nicht der harten Arbeit auf den Feldern verdankte. Er hatte kaum erklären können, dass er diesem Weg nicht aus Not folgte, sondern eine echte Berufung verspürte. Anstatt zu fliehen, ging er auf etwas zu.

Wie aber ließ sich jene weite Welt des Denkens, in die er sich wagte, einem Menschen erklären, der nie im Leben aus bloßem Vergnügen ein Buch aufgeschlagen hatte, der gar nicht wusste, was das bedeutete? Aus dem Vokabular seiner Eltern war der Begriff Vergnügen praktisch verbannt und bezog sich höchstens auf ein paar Gläser Ouzo, die man am Samstagabend in der Taverne trank. Vergnügen war ein Luxus, dafür brauchte man Zeit. Die körperliche Arbeit war eine Notwendigkeit, ein Schicksal, das man mit der langen Reihe der Vorfahren und mit vielen Zeitgenossen teilte. Kouros fand immer eine Gelegenheit, insgeheim seiner Leidenschaft nachzugehen. Er las auf der Toilette, wo niemand ihn störte, oder in der Natur, indem er andere Besorgungen vorgab, um sich davonzumachen.

Zwei Jahre später hatte er auch jenes Andere erkannt, das seinen Weg von dem der anderen unterscheiden würde. Er hatte es zunächst mit Schrecken erfahren, dann mit Resignation. Aber aus der Entdeckung dieser Neigung, die sich rasch zum Schicksal gewandelt hatte, erwuchs zwangsläufig eine Einzigartigkeit. Die Übergangsriten, die das Dasein der meisten Menschen gliederten, würden in seinem Leben ausbleiben. Die Illusion der Metamorphose, die zur Vollendung führt, war ihm fremd. Seine eigene Metamorphose würde den direkten Weg des Niedergangs nehmen. Kein Hochzeitsanzug, kein Taufkleid würde einen barmherzigen Schleier über diese Tatsache legen. Er würde seine Vollendung nur durch den immer engeren Umgang mit der Literatur, der Musik, den Künsten oder jeder anderen Annäherung an die unsichtbare Welt finden.

Diese etwas schmerzhafte Klarsicht war die persönliche Note seines Andersseins, dachte sich Kouros und begann mit dem Kartoffelschälen.

Seine Gedanken gingen zurück zu Eleni. Ein Eigenbrötlerdasein musste man sich leisten können. Es bedurfte einiger Vorbereitung und einer gewissen Härte. Eleni fehlte es an alldem. Kouros seufzte, stand auf, trocknete sich die Hände ab und wählte aus den unzähligen Schallplatten, die er im Laufe seines Lebens gesammelt und liebevoll sortiert hatte, *La Traviata*.

Die Musik erfüllte den Raum.

Da sich seine Schülerin nicht mehr zu ihm wagte, um zu spielen, glich nun ein Tag dem anderen. Er trank seinen Morgenkaffee, machte kleine Spaziergänge, kam zurück, aß seine Suppe, drehte sich Zigaretten, lief untätig im Haus herum. Anders als Eleni vermutete, hatte er nicht einmal mehr den Mut, gegen den Computer Schach zu spielen.

Ende Januar fiel sein Blick wieder auf das eingestaubte Spiel. Er dachte an die Begeisterung, mit der sich Eleni auf ihre »beschleunigten Drachen« gestürzt hatte, an die fieberhafte Konzentration, die sie im Spiel gefangen hielt, und daran, wie sie das Brett mit ihren Träumen bevölkerte. Was sie auch tat, sie würde sich auf jeden Fall nach dem Evans-Gambit und der Spanischen Partie zurücksehnen, sagte sich Kouros.

An jenem Morgen traf er eine Entscheidung, die er umso verführerischer fand, als sie ihm äußerst gewagt erschien. Trotzdem wartete er den ganzen Tag ab, ob sie reifte, ohne dem Ansturm der Vorsicht nachzugeben. Wie erhofft, hielt sich der junge, kraftvolle Entschluss.

Am Abend wählte er Elenis Telefonnummer. Glücklicherweise, oder war es das Schicksal, nahm sie den Hörer ab. Sie saß verdrossen in ihrer Küche.

»Meine kleine Eleni«, verkündete er fröhlich, »du musst morgen zu mir kommen. Ich habe eine fantastische Idee.«

Eleni war plötzlich ganz munter und versprach es ihm.

Kouros verbrachte einen denkwürdigen Abend. Er trank mehrere Ouzo zum Kaffee, beobachtete die Leute auf dem Platz, begrüßte seine Bekannten und ging sogar ins Kino, was er seit zwanzig Jahren nicht mehr getan hatte. Auf dem Rückweg summte er ein fröhliches Liedchen, und wer ihn vorbeigehen sah, hätte schwören können, dass er sogar ein paar Tanzschritte andeutete. Aber vielleicht war es auch nur der Ouzo, der ihn etwas schwanken ließ.

Obwohl nur wenige Zimmer zu machen waren, verging der Vormittag für Eleni viel zu langsam, denn sie wartete ungeduldig auf die Pläne des alten Lehrers. Hatte er wirklich die Lösung für ihre Probleme gefunden? Sie traute ihm einiges zu, aber je länger sie darüber nachdachte, desto weniger konnte sie sich den Ausweg vorstellen, den ihr Lehrer ersonnen haben mochte.

Nach der Arbeit nahm sie gleich den Bus, um in das Bergdörfchen, das früher einfach nur ihr Geburtsort gewesen war, zu ihrem Komplizen zu fahren.

Atemlos kam sie bei ihm an. Ohne sich auch nur hinzusetzen, fragte sie: »Nun, Professor?«

Kouros bereitete es ein spitzbübisches Vergnügen, den Augenblick hinauszuschieben, in dem er seine Gedanken offenbaren würde. Sie hatten Wochen gebraucht, um zu reifen. Sie hatten ihn einige schlaflose Nächte gekostet, was in seinem Alter nicht unerheblich war. Er würde sie nicht ausliefern, ohne sich noch ein wenig Spannung zu gönnen.

Er bat Eleni, Platz zu nehmen, dann bereitete er mit besonderer Sorgfalt einen guten griechischen Kaffee zu. Ungeachtet aller Feindseligkeiten zwischen beiden Völkern war dieses Nationalgetränk, das sich voller Stolz griechisch nannte, dem türkischen Kaffee zum Verwechseln ähnlich.

War das dickflüssige Getränk, ein Bindeglied zwischen Kehle und Mund, womöglich stärker als der kriegerische Geist der Nationen? Kouros dachte darüber nach, während er das Köcheln der schwarzen Flüssigkeit überwachte.

Plötzlich kam es ihm unabdingbar vor, eine Antwort auf diese heikle Frage zu finden, als könnte die Lösung des Rätsels weitreichendere Hilfe bringen. Die Konzentration hinderte ihn am Sprechen, und Eleni auf ihrem Stuhl, die Hände im Schoß, war von seinem langen Schweigen schon ganz beunruhigt. Der Kaffee war fertig, ehe Kouros eine Antwort gefunden hatte, aber er nahm sich vor, später in Ruhe darüber nachzudenken und sogar einen kleinen Artikel zu diesem Thema in der Lokalzeitung zu veröffentlichen, was er schon lange nicht mehr getan hatte. Die Entscheidung, die er für Eleni getroffen hatte, verlieh ihm Flügel.

Mit der Kaffeekanne in der Hand drehte er sich triumphierend um, ging zum Tisch und goss beide Tassen randvoll. Er setzte sich vor Eleni hin und sah ihr in die Augen.

»Meine kleine Eleni«, verkündete er feierlich, als sie den ersten Schluck getrunken hatte, »du wirst an einem Turnier teilnehmen.«

Eleni bekam keine Luft und verbrannte sich die Zunge. Sie spürte jedoch keinen Schmerz, so fassungslos war sie. Ungläubig sah sie den alten Lehrer an. War er vielleicht wirklich schon vertrottelt, wie manche Klatschtanten in Halki behaupteten? Hatte er ihre Sorgen überhaupt verstanden?

Kouros sah, wie sie mit den Gedanken kämpfte, die wild durch ihren Kopf tobten, und lachte.

»Du hast richtig gehört, Eleni. Das Turnier ist deine einzige Chance. Augen zu und durch! Seit Urzeiten ist der Angriff die beste Verteidigung.«

Eleni verstand nichts.

»Aber Professor!«, wandte sie nach ein paar Minuten mit schwacher Stimme ein, »es gibt keine Schachturniere auf Naxos.«

»Natürlich nicht«, antwortete Kouros fröhlich. »Du musst nach Athen.«

Nun war Eleni endgültig überzeugt, dass der Alte geradewegs den Verstand verloren hatte.

»Wir müssen natürlich eifrig trainieren«, erklärte er. »Aber ich mache mir keine Sorgen. Du hast gute Anlagen, du kannst es schaffen.«

»Haben Sie vielleicht einen Cognac?«, fragte Eleni, als sie die Sprache wiedergefunden hatte.

Kouros holte lächelnd eine Flasche und zwei kleine bauchige Kristallgläser aus dem Buffet und schenkte ihnen großzügig ein. Eleni nahm einen Schluck und hustete erst mal, dann gestand sie:

»Ich verstehe nicht, was Sie sagen wollen, Professor. Ich weiß, dass Sie viel studiert haben, und ich vertraue Ihnen. Aber jetzt kann ich Ihnen nicht mehr folgen.«

»Meine kleine Eleni, du musst mir einfach weiter vertrauen. Ich versichere dir, dass du es verstehen wirst, wenn es so weit ist.«

»Aber wie soll ich das alles machen, Professor? Meine Situation ist sehr schwierig geworden.«

»Ich weiß«, entgegnete er. »Kümmere dich nicht mehr darum. Konzentrier dich auf dein Ziel. Ab sofort sehen wir uns zweimal in der Woche. An den anderen Tagen übst du mit deinem Lehrbuch. Du musst zuerst die Eröffnungen und die Abwehrmöglichkeiten verinnerlichen. Ich denke, in vier, fünf Monaten kannst du an einem Turnier teilnehmen.«

Die fröhliche Entschlossenheit des Lehrers berauschte Eleni mehr als der Cognac. Sie sah ein Hindernis nach dem anderen wie ein Kartenhaus zusammenfallen. Während sie den Rest ihres Cognacs in einem Zug austrank, stimmte sie zu.

»Verrückt!«, sagte sie sich auf dem Heimweg. Aber es war eine luftige Verrücktheit, die vor ihrem Geist entstand. Eine Verrücktheit in Form eines Wölkchens.

Die folgenden Wochen machten den Lehrer wieder jung. Er erarbeitete eine richtige Trainingsstrategie. Gleich am nächsten Tag fuhr er nach Hora zu seinem Freund Andreas und bestellte mehrere Bücher über Schach. Er behauptete, er würde seinen Großneffen in dem edlen Spiel unterrichten. Wenn Andreas nur fünf Minuten überlegt hätte, wäre ihm gewiss eingefallen, dass Kouros keinen Großneffen hatte. Aber die Autorität des Lehrers und sein Ruf als weiser Alter sorgten dafür, dass niemand seine Worte in Zweifel zog.

Kouros verließ sich schon lange auf diese Aura der Ehrenhaftigkeit, um zu sagen und zu tun, was er wollte. Im Verlauf seines Lebens hatte er festgestellt, dass die Leute nur das sahen, was sie glauben wollten. Er hatte beobachtet, wie vor aller Augen ein Ehebruch vollzogen wurde, ohne dass jemand es merkte. Die Erklärung war einfach. Der Betrug war so unglaublich, dass jeder, der ein Anzeichen bemerkte, so offensichtlich es auch sein mochte, lieber schwieg und überzeugt war, die Situation falsch gedeutet zu haben. Die größten Skandale waren am leichtesten zu verbergen. »Die

Menschen vertrauen eher den eingefleischten Vorstellungen als der direkten Wahrnehmung«, sagte sich Kouros immer wieder.

Er hatte oft Gelegenheit gehabt, diesen Mechanismus kollektiver Blindheit zu beobachten, und sich dessen immer wieder für sein eigenes Leben bedient.

Im Vergleich zu seiner langen Erfahrung mit Lüge und Geheimnis war der Fall, der ihn nun beschäftigte, ein Kinderspiel. Niemand würde eine Verbindung zwischen ihm und Eleni, dem Zimmermädchen im Hotel Dionysos, herstellen.

Auf der Rückfahrt im Bus fragte er sich in einem Anfall von Schwäche, was wohl die kleine Eleni denken würde, wenn sie die Wahrheit über ihn wüsste. Würde sie ihn noch mit derselben Inbrunst bewundern? Instinktiv, beinah gewohnheitsmäßig zweifelte er daran. Dann überdachte er alles, was er in letzter Zeit über sie erfahren hatte, und sah ein, dass die Herzensregungen dieser bescheidenen Frau schwer vorherzusagen waren. Die Gute war dabei, alle Gewissheiten über Bord zu werfen.

Elenis Euphorie verflog sehr schnell. Schon als sie am nächsten Morgen aufwachte, bedauerte sie ihre Entscheidung. Traurig blickte sie auf den leeren Platz neben sich im Bett. Seit dem Beginn der Feindseligkeiten schlief Panos auf dem Wohnzimmersofa. Plötzlich kam ihr die Genialität des Lehrers höchst anfechtbar vor.

»Er hat ja schließlich nichts zu verlieren, aber ich spiele mit meinem Leben.« Sie dachte an alle Frauen, die allein geblieben waren, und an ihr trauriges Schicksal. »Ich werde enden wie Katerina«, sagte sie sich.

Mühsam stand sie auf und ging in die Küche, um Kaffee zu kochen, den sie im Stehen, an den Herd gelehnt, austrank. Sie hatte einen so dicken Kloß im Hals, dass sie ihren Morgentrank kaum schlucken konnte. Sie war im Begriff, ins Wohnzimmer zu gehen und sich mit ihrem Mann zu versöhnen, da tauchte dieser schon zerzaust und mürrisch in der Tür auf und warf ihr einen wütenden Blick zu. Ohne ein Wort zu sagen, nahm er sich eine Tasse Kaffee und ging damit aus der Küche.

Elenis Drang, sich mit Panos zu versöhnen, erhielt durch diesen griesgrämigen Anblick einen deutlichen Dämpfer. »Morgen vielleicht«, sagte sie sich und sammelte ihre Sachen zusammen.

Der Wind fegte über den Hügel, und Eleni ging kraftlos den Weg hinauf. Der Tag verstrich in trüber Normalität, bis sie Zimmer 17 betrat, wo ihr Abenteuer begonnen hatte und das jetzt von einem lauten, umgänglichen holländischen Paar bewohnt wurde.

Wehmütig dachte sie an die eleganten, heiteren französischen Schachspieler, die, ohne es zu wissen, ihre Leidenschaft geweckt hatten. Sie dachte an Paris, an die Bauwerke voller Geschichte, an die blühenden Parks, die die Vorzeichen des Herbstes empfingen. Sie fragte sich, was aus ihr hätte werden können, wenn sie unter einem anderen Himmel geboren wäre. Sie versuchte sich an den Namen des würzigen Parfums zu erinnern, dessen Duft immer in der Luft gelegen hatte, solange die Pariser da gewesen waren. Sie hatte den kleinen eleganten Flakon in der Hand gehalten.

Der Name war ebenso schlicht und verheißungsvoll wie der Duft berauschend. Er hatte mit Natur und Freiheit zu tun. Was war es doch? Eleni blieb mit ihrem Besen in der Hand stehen und schloss die Augen. Wieder sah sie sich das Bad betreten, nach dem Flakon greifen und ihn öffnen, um am Parfum zu riechen, ehe sie ihn vorsichtig abstellte.

»Eau sauvage!«, rief sie.

Glücklicherweise war niemand in der Nähe, der ihren Triumphschrei hören konnte, hielt man sie doch seit Beginn ihres Abenteuers schon für wunderlich genug.

Das Parfum hatte eine ganz überraschende Wirkung. Die sumpfige Schwere des Morgens war mit einem Mal wie weggefegt. Eleni beeilte sich, ihre Arbeit zu beenden, zog ungeduldig den pistaziengrünen Kittel aus und lief den Hügel so schnell hinab, wie ihre Beine es ihr erlaubten. Zu Hause bereitete sie das Mittagessen für Dimitra vor, dann schloss sie sich mit ihrem Lehrbuch in der Küche ein und begann die Eröffnungen auswendig zu lernen. Ohne Schachbrett war das eine knifflige Aufgabe, und sie kam nur sehr langsam voran. Die ersten Züge waren bei den meisten Partien gleich und die Auswahl nicht so entscheidend. Sehr bald aber wurde es komplizierter, und man gelangte zu einer nahezu unendlichen Vielfalt von Möglichkeiten. Eleni fluchte in Gedanken auf Kouros, der ihr diese Tortur auferlegte.

Trotzdem machte sie weiter. Jeden Tag paukte sie sich verschiedene Eröffnungen und mögliche Erwiderungen ein. Sie wusste nicht mehr, ob sie damit der belastenden Atmosphäre im Haus entfliehen oder ein hypothetisches Turnier gewinnen wollte. Der Strudel des Lernens riss sie mit sich. Nachts träumte sie von Figuren, die sich gegen sie verbündeten und sich damit amüsierten, in alle Richtungen auf einem Schachbrett herumzuspringen, das eher einem Irrgarten glich.

Morgens erwachte sie wie gerädert. Gemessen an dem geistigen Training waren Hotel und häusliche Pflichten geradezu eine Entspannung.

Am Mittwochnachmittag fuhr sie zu Kouros. Er hatte inzwischen das gleiche Pensum erledigen müssen, nur hatte er das Schachbrett, um die Theorie in die Praxis umzusetzen.

Von nun an probierte Kouros bei jeder Begegnung eine neue Eröffnung aus. Anfänglich mischten sich die verschiedenen Varianten in Elenis Kopf, und sie verwechselte die Strategien. Vor allem die Spanische Partie und die verschiedenen Erwiderungen, die Berliner Verteidigung, die Steinitz-, Bird- oder Cordel-Verteidigung konnte sie kaum behalten.

Kouros gab sich immer strenger, obwohl er insgeheim eingestehen musste, dass die Beherrschung dieser berühmten Varianten doch sehr mühsam war. Er fragte sich sogar, wie Eleni es schaffte, dem Druck standzuhalten. Nach außen begegnete er ihren Anwandlungen von Verzweiflung jedoch mit Gleichgültigkeit. »Wenn ich erst anfange, sie zu bedauern, ist alles verloren«, sagte er sich. »Dann findet sie nie die Kraft, gegen Widerstände zu kämpfen. Ich muss unbedingt so tun, als wäre das Erlernen all dieser Kombinationen die natürlichste Sache der Welt. Wenn Eleni einmal die

Größe ihrer Aufgabe erkennt, bleibt sie stecken.« Also nährte Kouros weiter die Illusion, nichts Außergewöhnliches von ihr zu verlangen.

Er wurde wieder zu dem neutralen und unbeugsamen Lehrer von einst, der keinen Fehler und keine Achtlosigkeit durchgehen ließ. Manchmal war Eleni den Tränen nah. Dann schob sich ihre Unterlippe vor, und die Brauen zogen sich zusammen. Wie ein Kind hätte sie am liebsten das Schachbrett umgeworfen und für immer aufgegeben.

Aber sie tat es nicht. Wenn Kouros mit ihr schimpfte, zeigte sie anfänglich eine starke Hautreaktion, auf ihrem Hals und ihren Wangen erschienen dunkelrote brennende Flecken. Dann tat Kouros, als wäre er kurzsichtig und brummte nur:

»Komm schon. Nimm dich zusammen. Nur das Schachbrett ist wirklich. Alles andere ist bloßer Schein.«

Im Wechselbad von Enttäuschung und Erfolg schwand allmählich Elenis leichte Erregbarkeit, was im Alltag einen angenehmen Nebeneffekt hatte. Sie wurde weniger empfindlich für die Missfallensäußerungen ihrer Umgebung und blieb unter allen Umständen seltsam gelassen, was Panos völlig aus dem Gleichgewicht brachte. Mit Boshaftigkeiten um sich zu werfen hatte jeden Sinn verloren, weshalb er sich in wütendes Schweigen zurückzog, das vor allem seine Tochter quälte, die nicht die gleiche Erziehung wie ihre Mutter durchmachte.

Auch wenn sie es nicht mehr zeigte, litt Eleni doch weiterhin unter dem Verlust der ehelichen Harmonie. An manchen Tagen hätte sie die Ereignisse der letzten Monate am liebsten vergessen, um in den Kokon der Gewohnheiten und unbeholfenen Zärtlichkeiten zurückzukehren, die früher ihren Alltag ausgemacht hatten. Aber die Situation war festgefahren, und das lag auch an ihr. Deshalb hatte sie kein Recht zu jammern. Sie schwieg und stürzte sich umso eifriger ins Lernen.

Nach anderthalb Monaten beherrschte sie die meisten großen Eröffnungen und machte sich jetzt an das Mittelspiel, das mehr Flexibilität und Initiative verlangte. Plötzlich entwickelte sie ein Handicap, unter dem sie vorher nie gelitten hatte, eine unvernünftige Anhänglichkeit an ihre Schwerfiguren, die sie nur widerwillig opferte. Wenn sie unglücklicherweise ihre Dame verlor, erschrak sie und gab die Partie innerlich schon verloren. Diese Resignation ließ sie dann einen Fehler nach dem anderen machen. Ihr wilder Siegeswille war geschwunden. Diese Entwicklung überraschte Kouros, der Eleni als furchtlose Angreiferin kennengelernt hatte. Er schrieb diese Haltung einer neuen Einsicht in die Gefahr zu. Jetzt, da sie allmählich alle Fallen kannte, die ihr der Gegner stellen konnte, schwankte sie oft, wie sie ihr eigenes Schiff lenken sollte. Die Schwerfiguren waren gleichsam ihre Rettungsbojen im Treibsand der Hinterlist.

Kouros stand vor einem Dilemma. Er verbrachte mehrere Nächte damit, das Problem in seinem Kopf herumzuwälzen. Was konnte er nur tun, um Eleni aus ihrer Lähmung zu reißen? Das systematische Lernen zerstörte ihre Persönlichkeit, die wegen ihrer Originalität die einzige Chance für einen Sieg war. Er wusste, dass sie gegen viel erfahrenere Leute spielen würde, die gebildet und berechnend waren. Wenn sie ihre Frische verlor, reduzierten sich ihre Erfolgschancen nahezu auf null. Trotzdem war es unmöglich, all die Kenntnisse beiseite zu lassen, über die die anderen Spieler verfügten.

Eleni befand sich tatsächlich in einer schwierigen Phase. Je mehr sie arbeitete, desto weniger überzeugend war das Ergebnis. Sie gewann keine einzige Partie mehr. Obwohl sie ihre gesamte Freizeit damit verbrachte, die Strategien der Meister zu üben, und mit tiefen Ringen unter den Augen herumlief, gab es keine Verbesserung. Das Schachbrett war zum härtesten Arbeitsplatz geworden, den sie je erlebt hatte.

Frankreich mit seiner lässigen Eleganz rückte in immer weitere Ferne. Eleni hatte sogar Schwierigkeiten, sich an die Gesichter des französischen Paares zu erinnern.

In den letzten Wochen hatte sie nicht mehr am Inselleben teilgenommen. Da sie sich bei jedem Schritt beobachtet fühlte, blieb sie nicht mehr beim Armenier oder bei einem anderen Wirt stehen, um ein Glas zu trinken. Inzwischen misstraute sie allen. Die Gerüchte um ihre Person bekamen durch diese distanzierte, unversöhnliche Haltung neue Nahrung. Sie hatte sich Hals über Kopf in eine Sackgasse gestürzt.

Das Schachspiel verlangte allerdings so viel Konzentration, dass sie darüber ihre Einsamkeit vergaß. Ob künftige Meisterin oder verirrte Hochstaplerin, sie konnte nichts halb machen. Das Universum der vierundsechzig Felder verlangte nach absoluter Unterwerfung. Eleni kommunizierte auf geheimnisvolle Weise mit den großen Erfindern der Partien. Jeder von ihnen schien ihr die Lösungen für ihre Probleme einflüstern zu wollen. Über Epochen hinweg schienen sie miteinander zu diskutieren, bestimmte Thesen je nach Temperament zu untermauern oder abzulehnen. Diese Zänkereien nisteten sich in Elenis Kopf ein. Sie wusste, dass sie all diese Herren davonjagen musste, um einem Gegner mit klarem Kopf entgegenzutreten, aber sie fühlte sich schwach, eine formbare Puppe in den Händen der großen legendären Schmiede.

In so einer Nacht des Kampfes wurde ihr bewusst, dass alle großen Theoretiker Männer waren. Sie hatte noch nie von einer bedeutenden Schachspielerin gehört. Das Genie des Schachbretts saß offenbar irgendwo in den Hoden. Sicher nicht in denen von Panos, wohl aber in denen der Meister.

Und trotzdem herrschte nicht der König über die Partie, ebenso wenig wie der Turm, der Springer oder die Dame. Nur im Zusammenspiel erhielten die Figuren ihre Bedeutung.

Der Bauer war die Basis des Spiels, der kleine gehorsame Soldat, der geradewegs auf sein einziges Ziel zumarschierte: die Blockade der feindlichen Armee oder der gesellschaftliche Aufstieg. Er konnte zur Dame, zum Turm oder Springer werden, je nach Bedarf im Spiel. Wenn der Bauer die Seele des Spiels war, wie Philidor behauptete, so war die Dame das Herz.

Irgendwo zwischen dem Bauern und der Dame, dem Schwächsten und der Stärksten, zwischen Beharrlichkeit und Macht gab es einen Platz, den Eleni einnehmen konnte. Daran musste sie sich halten. Wenn es ihr gelang, das Spiel mit ihrer eigenen Fantasie zu beleben, konnte sie gewinnen. Das Feld der abstrakten Beziehungen zu verlassen und sich die Psyche dieser Figuren zu eigen zu machen war der einzige Weg, den Sieg davonzutragen.

Aber sobald sie wieder vor dem Schachbrett saß, gegenüber von Kouros, dessen Besorgnis sie instinktiv wahrnahm, kehrten die Meister des Scharfsinns und der Belehrung zurück und machten ihr das Leben schwer.

Kouros schloss sich mehrere Tage in seinem Haus ein. Er ging nur hinaus, um auf dem Markt das Nötigste einzukaufen. Er aß so wenig wie möglich und hoffte, seinem Geist dadurch den nötigen Antrieb zu geben, ihm eine neue Erleuchtung zu schenken. Er hatte eine

Verantwortung für seine einstige Schülerin übernommen. Jetzt durfte er sie nicht im Stich lassen.

Aber ihm fehlte die Inspiration. Am Ende des vierten Tages hatte er sich durch seine magere, vitaminarme Diät und wegen einer kaputten Heizung, um die er sich nicht kümmern wollte, ehe er ein Licht am Ende des Tunnels sähe, nur einen bösen Schnupfen geholt. Eleni traf ihn hustend und übelgelaunt an. Sie sorgte sich um ihn. Anstatt Schach zu spielen, kochte sie ihm eine ordentliche warme Suppe, die er gnädig aß, während er schimpfte, dass man sich um einen alten Wirrkopf wahrlich nicht kümmern müsse.

Als Eleni nach zahlreichen medizinischen Ratschlägen verschwunden war, schlief Kouros in seinem Sessel ein. Er hatte einen wirren Traum, in dem er durch ein Blumenfeld ging. Andere Personen, die er nicht deutlich erkannte, winkten ihm zu. Er ging ihnen entgegen, aber das Blumenfeld wurde größer, je weiter er sich seinen Weg bahnte. Entweder lief er nicht schnell genug, oder die Entfernung war zu groß, jedenfalls gelangte er nicht bis zu ihnen.

Schweißnass erwachte er mitten in der Nacht. Zuerst wusste er nicht, wo er war. Als er sich orientiert hatte, stand er mühsam auf und ging ins Schlafzimmer. Er zog sich aus und bettete sich mit einer unangenehmen Vorahnung, einem bitteren Geschmack im Mund, der uralten Erinnerung an etwas Kommendes, Unausweichliches.

Am nächsten Morgen erwachte der Lehrer ausgeruht, obwohl der hartnäckige Husten immer noch in regelmäßigen Intervallen seine Lungen quälte. Er machte sich einen Kaffee, den er in kleinen Schlucken trank. Plötzlich durchzuckte ihn eine Idee und war sogleich wieder verschwunden. Kouros verfluchte sein altersschwaches Gehirn. Nach einem einfachen Frühstück machte er einen Spaziergang. Er zwang sich, seine Gedanken frei schweifen zu lassen, ohne einen besonders festzuhalten, um mit Gewissheit den anderen wiederzuerkennen, den er erwartete. Als er nach Hause kam, fiel es ihm auf der Türschwelle ein. Die Idee war ebenso einleuchtend wie unangenehm, und Kouros war versucht, sie sogleich abzuwehren, aber sein schlechtes Gewissen gegenüber Eleni war stärker.

Er ging hinein, öffnete eine Schublade im Buffet und begann wie wild zu suchen. Nachdem er auch die zweite auf den Boden entleert hatte, griff er schließlich nach einem kleinen ledernen Notizbuch und schwenkte es triumphierend.

Eine heisere, unausgeschlafene Stimme antwortete nach dem achten Klingeln.

»Erzähl mir nicht, dass du noch schläfst«, sagte Kouros, auf alle Höflichkeitsfloskeln verzichtend.

»Ich spreche nicht mit Flegeln«, antwortete der andere und legte auf.

Ohne sich aus der Fassung bringen zu lassen, wählte Kouros die Nummer erneut. Er setzte auf die Neugier seines Gesprächspartners und behielt recht, denn dieser nahm wieder ab.

»Wer ist da?«, schrie die Stimme.

»Du weißt genau, wer dran ist, Costa«, erklärte Kouros seelenruhig.

»Ich weise dich darauf hin, dass wir seit dreißig Jahren nicht mehr miteinander sprechen, und ich sehe keinen Grund, auf diese angenehme Gewohnheit zu verzichten«, erklärte der Costa Genannte würdevoll.

»Ich bin ganz und gar deiner Meinung. Ich will auch nicht mit dir sprechen. Ich will, dass du Schach spielen kommst.«

Ein langes Schweigen folgte. Nur Costas lauter Atem zeigte an, dass das Gespräch nicht unterbrochen war.

»Du hast den Verstand verloren«, verkündete der Alte am anderen Ende der Leitung.

»Es geht hier nicht um mich«, erklärte Kouros. »Es geht um eine junge Frau. Eleni. Es ist dringend.«

»Ich sehe keinerlei Dringlichkeit, die für ein Schachspiel bestehen könnte«, versetzte Costa mit unbestreitbarer Logik.

»Weil es dir an Fantasie fehlt«, kommentierte Kouros unverschämt. »Komm heute Nachmittag her, dann erkläre ich es dir.«

»Warum sollte ich das tun?«

»Weil du sonst vor Neugier stirbst«, schlug Kouros vor und legte auf. Er betete, dass er sich nicht geirrt hätte.

In den nächsten Stunden lief er aufgeregt hin und her, bis er endlich die Klingel hörte. Er stieß einen erleichterten Seufzer aus, dann öffnete er Costa die Tür.

Auch wenn sie einander seit dreißig Jahren grollten, war ihnen der Anblick ihres Alters doch keine Überraschung. Natürlich hatten sie sich auf dem Markt oder in der Stadt gesehen, das brachte das Inselleben mit sich, hatten aber nie ein einziges Wort gewechselt.

Sie begnügten sich mit einem kurzen Gruß und verzichteten auf unfreundliche Kommentare, dann bat Kouros seinen Jugendfreund hinein.

Costa war untersetzt und stämmig, hatte eine gewölbte Stirn und einen Blick voller Misstrauen. Sein Leben lang war er Apotheker in Hora gewesen, seit seiner Rente lebte er jedoch in Apollonas, einem kleinen Dorf am Meer ganz im Norden der Insel. Den größten Teil seiner Tage verbrachte er in einer kleinen Taverne am Hafen, wo er je nach Saison die Touristen oder die Fischer beobachtete. Dieses ebenso erholsame wie ereignislose Leben ging ihm auf die Nerven. Er sehnte sich nach der Zeit als Medikamentenverteiler zurück, die zwar nicht gerade aufregend gewesen war, aber doch erfüllt von mehr oder weniger anregenden Gesprächen und Begegnungen. Seine Arbeit hatte ihm immer genug Zeit für lange Spaziergänge an den Sandbänken, seinem bevorzugten Jagdrevier, gelassen.

Ab und zu unternahm er auch jetzt noch kleine Pilgerreisen an die Strände seiner Jugend, wo er einige mehr oder weniger flüchtige Beziehungen geknüpft hatte. Bei diesen Ausflügen spürte er jedoch die Blicke der anderen über sich hinweggleiten, als sei er ein Teil der Landschaft, mehr Baum als Mensch, und trotz einer gewissen inneren Auflehnung entsprach das letztendlich auch seinem Gefühl. Sein Leben als Baum war voller Traurigkeit. Die seltenen Gespräche mit anderen Pflanzen drehten sich nicht mehr um die Themen, die ihn einst begeistert hatten. Deshalb war er Kouros' Aufforderung gefolgt, der wie er ein Bestandteil der Landschaft geworden war, wenn auch mehr ein schmächtiges Tier als ein knorriger Baum.

Die beiden Männer setzten sich einander gegenüber. Costa bereitete es ein boshaftes Vergnügen, zu schweigen und dem anderen in die Augen zu sehen. Kouros fühlte sich unbehaglich. Natürlich hatte er sich auf Feindseligkeiten eingestellt, aber jetzt, als er dieser Prüfung unterworfen war, wusste er nicht, wie er die Jahre des Grolls hinwegfegen und eine Überleitung zu seinem heutigen Anliegen finden sollte. Er stand auf und holte seinen Tabak. In der lastenden Stille hörte er seine Füße über den Boden schleifen und hatte plötzlich seinen eigenen Verfall vor Augen. Anders als bei Costa weckte dies in ihm weder Auflehnung noch Schmerz. Höchstens eine gewisse Müdigkeit.

Kouros kehrte zu seinem Stuhl zurück und drehte sich eine Zigarette. Es gelang ihm, seine düsteren

Gedanken zu verjagen und sich auf den Bericht über Elenis Abenteuer zu konzentrieren. Costa hörte zu, ohne ihn zu unterbrechen. Dann, als Kouros fertig war, nannte er ihn rundheraus einen Schwachkopf.

Kouros hütete sich, auf die Beschimpfung zu reagieren. Er war in der Position des Schwächeren. Die erste Regel der Weisheit verlangte, den anderen einen Erfolg verbuchen zu lassen. Nach ein paar Sekunden wagte er eine Antwort.

»Schwachkopf oder nicht, wir müssen etwas unternehmen. Wir können sie nicht einfach so im Stich lassen.«

Costa reagierte sofort.

»Mich geht die ganze haarsträubende Geschichte überhaupt nichts an. Sieh zu, wie du mit deinem Blödsinn klarkommst.«

Während er Kouros so auf seinen Platz verwies, überlegte Costa, ob er irgendeine Erinnerung an das Zimmermädchen Eleni hatte, aber er fand überhaupt nichts. Als Kaufmann hatte er ein gutes Personengedächtnis. Eleni war entweder selten krank gewesen, oder sie war so unscheinbar, dass er ihre Existenz vergessen hatte, sobald sie seine Apotheke verließ. »Solche durchsichtigen Leute gibt es öfter, als man glaubt«, überlegte er sich.

Kouros nutzte den Moment des Schwankens, um eine Karaffe mit Weißwein und zwei Gläser auf den Tisch zu stellen. Er goss ein und reichte ein Glas seinem Gast, der es ohne Umstände nahm, zu tief war er in seinen Gedanken versunken.

»Spielt sie gut?«, fragte Costa, nachdem er den ersten Schluck genommen hatte.

»Erstaunlich gut«, antwortete Kouros eilig. »Aber sie braucht einen anderen Partner als mich. Sie kennt mich zu gut. Man muss sie aus der Fassung bringen. Du bist der Einzige, der ihr helfen kann, zu einem persönlichen Spiel zurückzufinden.«

Costa war angenehm überrascht, nicht von dem absurden Ansinnen, aber davon, dass sich Kouros seines Talents als Schachspieler erinnerte.

Er hatte ab und zu mit Kouros gespielt. Nach ihrem Streit hatte er es noch ein paar Jahre mit Fernschach probiert, da er keinen Gegner auf der Insel fand, der diesen Namen verdiente. Man tauschte sich per Brief oder Telefon aus. So hatte er Athener, Kreter oder sogar Ausländer als Partner gehabt. Die Telefongespräche beschränkten sich oft auf die Angabe der neuen Position der Figuren auf dem Brett. Diese knappe Form der Kommunikation hatte er als sehr angenehm empfunden. Trotzdem hatte er vor einigen Jahren damit aufgehört. Die letzte Partie war unbeendet geblieben. Eines Tages hatte sein Mitspieler nicht mehr angerufen, um ihm seinen Zug mitzuteilen. Vielleicht war er plötzlich gestorben. Costa wusste es nicht. Er hatte sich nie die Mühe gemacht, nach dem Schicksal dieses Gegners zu fragen. Stattdessen hatte er das Schachbrett nach ein paar Wochen weggeräumt und diese Unterbrechung als Zeichen verstanden, dass die Zeit des einsamen Kopfzerbrechens vorbei war.

»Und wenn ich es nicht mehr kann?«, fragte er.

»Dann gibt es keinen Ausweg«, antwortete Kouros schicksalsergeben.

»Wann?«

»Samstagnachmittag«, antwortete der Lehrer und zog an der weichen Zigarette, die er zwischen seinen fleckigen Fingern hielt.

Costa willigte schließlich ein. Er war doch neugierig auf diese Putzfrau, für die Kouros auf seine innersten Überzeugungen verzichtet hatte. Der Lehrer war dickköpfig wie ein Maulesel und hätte das Schweigen nicht gebrochen, wenn er nicht einen ganz besonderen Grund gehabt hätte. Costa kannte den früheren Freund gut. In seiner Jugend war Kouros in seiner außerordentlichen Höflichkeit geradezu arrogant gewesen. Er genügte sich selbst, er brauchte die anderen eigentlich nicht. Costa konnte sich nicht vorstellen, dass ihn das Alter genug erweicht hatte, um sich selbst in Frage zu stellen. Aber aus welchem Grund war er dann von seinen eigenen Regeln abgewichen? Das war ein Geheimnis. Wie konnte sich Kouros, der Phlegmatiker, der sein eigenes Leben verdorben hatte, weil er allen und allem, ja sogar seinem eigenen Schmerz mit echter oder gespielter Gleichgültigkeit begegnete, wie konnte er sich für das Schicksal dieser Putzfrau begeistern?

Costa verließ Kouros in einem Zustand der Verblüffung, die noch stärker war als sein Ärger.

Als der Apotheker gegangen war, stieß Kouros einen Seufzer der Erleichterung aus. Er ging in die Küche und steckte die Nase in ein Kochbuch, um sich ein wohlverdientes Festessen zuzubereiten. Die erste Schlacht war gewonnen. Der Gedanke, dass er noch schwierige Kämpfe ausfechten konnte, begeisterte ihn. Die körperliche Schwäche, die er in den letzten Tagen gespürt hatte, war verflogen.

Gegen alle Erwartung hatte ihm die Begegnung mit Costa gutgetan. Die Querelen der Vergangenheit kamen ihm jetzt nebensächlich vor. In seinem Alter hatte er nichts mehr zu verlieren, keinen Ruf mehr zu wahren. Costa würde ihm sicher bis ans Ende seiner Tage böse sein. Aber das war unwichtig. Aus seiner Sicht hatte Costa ja auch recht. Das gab Kouros bereitwillig zu. Er hatte Tatsachen geschaffen und Costa keine Wahl gelassen, einfach weil derjenige, der sich verweigert, immer stärker ist als der, der sich hingibt. Die Gründe für seine Verweigerung waren im Übrigen einfach gewesen, wenn auch in den Augen des Apothekers unannehmbar.

Das Stillschweigen über seinen Umgang mit Männern war der einzige Garant für seinen Umgang mit den Dingen des Geistes, die für ihn entscheidend waren. Mehr als alles andere wollte er sich diese Welt bewahren. Er wollte in seiner Gedankenwelt leben, eng verbunden mit Schriftstellern und Philosophen. Der Sohn eines Landarbeiters und Renegat seiner Klasse, ein Parvenü unter dem Adel der Intellektuellen, hatte keine andere Wahl, als sein Leben als Lehrer zu verdienen.

So hatte er in den dreißiger Jahren zu arbeiten begonnen, zu einer Zeit, als die Insel nur ein paar tausend Einwohner hatte. Auch später noch gab es einen deutlichen Unterschied zwischen dem Verhalten, das die Insulaner bei den Touristen akzeptierten, und dem, was einem Schullehrer erlaubt war, der ihre Kinder erziehen sollte. Er war lieber als Einzelgänger und Original angesehen worden, als sich direkt für das angreifen zu lassen, was er war. Er hatte sich mit einer Aura des Geheimnisvollen umgeben. Eigentlich war das ganz lustig gewesen.

Costa fehlte dieser Sinn für Humor. Wenn er sich aufregte, nannte er Kouros' Haltung »ohne Arsch in der Hose« oder »Hänflingsneurasthenie«, was eine nette Erfindung war, wenngleich verletzend und etwas übertrieben. Costa wollte frei und offen leben. Ein Revolutionär also. Vielleicht ein modernerer Mensch. Kouros lächelte, wenn er an den Costa der fünfziger Jahre dachte, ein Prahlhans, Provokateur und Draufgänger, der nie den geringsten Zweifel an seinen Neigungen ließ. Kouros war seine große Enttäuschung gewesen, und das tat ihm aufrichtig leid.

»Jeder ist für irgendjemanden die große Enttäuschung«, beruhigte er sich, während er drei mit reichlich Knoblauch gespickte Lammkoteletts in das Olivenöl gleiten ließ, das in der Pfanne brutzelte. Aus der Tiefe des Küchenschranks holte er einen Bordeaux 1965, den er für besondere Gelegenheiten aufgehoben hatte, und entkorkte ihn feierlich. Als er den Wein in eine Karaffe goss, bewunderte er die schöne rote Farbe und roch genüsslich den schweren, erdigen Duft. Man muss die Feste feiern, wie sie fallen. Die alte Geschichte würde ihm das heutige nicht verderben.

Später am Abend rief Eleni an, um sich nach seiner Gesundheit zu erkundigen. Sie hatte den klaren Eindruck, als redete der Lehrer mit schwerer Zunge, schob dies jedoch auf seine Krankheit. Kouros stammelte ein paar Belanglosigkeiten, die Eleni beruhigten, dann riet er ihr, am nächsten Samstag auch pünktlich zu ihrer Partie zu kommen. Sie versprach es ihm.

Abgesehen von ihren Übungsstunden bei Kouros, war Eleni meist mit den Herren allein, die in ihrem Kopf ihre Partien spielten. Um sie auf Abstand zu halten, gewöhnte sie sich an, lange Spaziergänge zu machen. Sie hatte festgestellt, dass die großen Schachmeister die Begegnung mit der Natur eher mieden. Sie brauchten die gedämpfte Atmosphäre der Salons oder Séparées, wo sie ihre Armeen aufmarschieren lassen konnten, ohne dass die Elemente in ihre Fantasielandschaften eindrangen. Wind, Sonne, Regen oder Kälte störten sie, dann ging ein Herr nach dem anderen unterwegs verloren. Nur der Drache, beschleunigt oder nicht, trotzte Sonne und Wind. Das lag in seiner wilden Natur. Es musste schon heftig regnen, ehe er sich endgültig davonmachte.

In diesen seltenen Momenten der Waffenruhe wanderte Eleni am liebsten weit weg von Hora Wege entlang, die sie seit ihrer Kindheit kannte, zu denen sie aber in den letzten Jahren nur gelegentlich zurückgekehrt war. Ihr fiel auf, wie sehr sich die Insel verändert hatte. Überall waren weiß gekalkte Häuser aufgetaucht, und kleine Lokale markierten die Uferwege wie Bojen. Die Küstendörfer, die früher weit auseinander gelegen hatten, waren zusammengewachsen und bildeten jetzt ein fortlaufendes buntgemustertes Band, das nach Ferien aussah.

Nahezu identische Geschäfte priesen ihre Sonderangebote auf großen bunten Tafeln an. Diesen ganzen Werberummel hatte es in Elenis Jugend nicht gegeben. Dabei verkauften eigentlich alle mehr oder weniger das Gleiche: Badebekleidung, Sonnencreme, Postkarten, Reiseführer und Darstellungen des Naxos-Tores auf jedem denkbaren Untergrund. Neu waren die großen Aufblastiere mit grotesken Fratzen. Diese Sommerschwimmer schaukelten im Wind, und wenn sie gekonnt hätten, wären sie in die künstlichen Paradiese geflogen, aus denen sie offensichtlich stammten. Eleni sah sie sich genauer an, fand aber keinen Drachen. Weil er zu mächtig war, um sich in ein aufblasbares Spielzeug zu verwandeln, hatte der Drache in den Fantasien der Hersteller keinen Raum gefunden.

Auch jetzt, Anfang April, da sich kein Einheimischer in das kalte Wasser der Ägäis wagen würde, streckten erste fluorgrüne Krokodile, stahlblaue Delfine und bonbonrosa Schwäne ihre durchgefrorenen Nasen aus den Geschäften und jagten Esel und Ziegen, Tiere aus Fleisch und Blut, verschreckt von diesen übernatürlichen, sie selbst auf groteske Weise imitierenden Visionen, ins Landesinnere.

Wenn Eleni von ihrem Spaziergang zurückkam,

machte sie sich wieder an die Arbeit. Zuerst erledigte sie ihre Haushaltspflichten, die sie nie vernachlässigte, weil sie ahnte, dass die darauf verwandte Sorgfalt der letzte Schutz vor dem wachsenden Groll ihres Mannes war.

Dann fuhr sie mit der Erkundung der diversen Stellungen im Mittelspiel fort. Sie kannte sich inzwischen mit den verschiedenen Möglichkeiten der Fesselung aus, die darin bestanden, eine wichtige Figur des Gegners ganz oder teilweise zur Unbeweglichkeit zu verurteilen. Sie studierte die siebente und achte Diagonale, die einen Angriff am Königsflügel ermöglichte, wenn die Bauern, die den König schützten, noch auf ihrer Ausgangsposition standen. Sie konnte die Beispiele aus dem Lehrbuch gut nachvollziehen, fragte sich aber immer öfter, was sie tun sollte, wenn der Gegner nicht wie vorgesehen reagierte. Kouros hatte recht gehabt, und sie wusste es. Sie hatte ihre Spontaneität verloren.

Am Samstagnachmittag nahm Eleni etwas Obst mit zu Kouros. Als sie mit ihren Einkaufstaschen bei ihm ankam, brach Costa, der schon neugierig auf seine Partnerin wartete, in Lachen aus. Diese kleine Frau mit der undefinierbaren Haarfarbe und dem Bauerngesicht war also der Grund für Kouros' Ansinnen! Er traute seinen Augen nicht. Kouros befahl ihm mit wütenden Blicken, seinen Heiterkeitsanfall zu unterdrücken, und stellte sie einander vor. Verstört von dem schallenden

Lachen, das sie empfangen hatte, flüchtete Eleni wieder in ihre Schüchternheit, der einzige Beobachtungsposten, den sie überall in Sekundenschnelle errichten konnte.

Sie war an ihr kleines Ritual gewöhnt und hatte damit gerechnet, den Lehrer allein anzutreffen. Verlegen reichte sie ihm das Netz mit Äpfeln und lächelte Costa höflich an. Dann setzte sie sich auf den Stuhlrand, wie sie es bei ihrem ersten Besuch getan hatte.

Kouros erklärte ihr schnell die Situation, legte das Schachbrett auf den Tisch und stellte die beiden Armeen auf. Costa, immer noch amüsiert, gewährte Eleni in einer Anwandlung von Ritterlichkeit die weißen Figuren. Zögernd blickte sie die beiden Männer nacheinander an. Dann sah sie ein, dass sie dieser Prüfung nicht entgehen würde, richtete sich auf ihrem Stuhl auf, konzentrierte sich ein paar Sekunden und begann das erste Manöver. Costa erwiderte mechanisch, ohne nachzudenken, als wollte er die Langeweile verkürzen, die unvermeidlich auf ihn wartete, indem er sehr schnell spielte. Unbeeindruckt setzte Eleni ihren »beschleunigten Drachen« fort und brachte Costa nach einigen Zügen in Schwierigkeiten. Dieser zog die Brauen zusammen und begann ernsthaft zu spielen. Er zündete sich die erste Zigarette an. Die Denkpausen wurden länger.

Eleni war entschlossen, nicht gedemütigt aus dieser Schlacht hervorzugehen. Sie ärgerte sich über Kouros, der sie in diese Bredouille gebracht hatte, und der Zorn half ihr, ihre Kräfte zu entfalten.

Kouros, der seine Freundin inzwischen gut kannte, lächelte, als er sie so mit gesenktem Kopf und starrem Blick dasitzen sah. Während der ganzen Partie sagte er kein einziges Wort. Er beobachtete nur die lautlosen Bewegungen der Figuren, die wütend über das Schachbrett glitten.

Costa erholte sich schnell von seiner Überraschung, hatte aber Mühe, einen Vorteil zu erlangen. Sein Spiel blieb defensiv und einfallslos. Nach anderthalb Stunden trieb ihn Eleni in die Enge. Er war zwar nicht matt, konnte aber nicht mehr viel unternehmen. Sie beschlossen, es dabei zu belassen.

Kouros goss den Kombattanten Wein ein, und Costa beglückwünschte Eleni widerstrebend. Sie legten ein Datum für die Revanche fest. Kouros war bester Laune. Er hatte sein Ziel erreicht. Costa tobte innerlich, und das triumphierende Gesicht des Freundes machte die Sache nicht besser. Eleni war beruhigt. Sie lächelte und stieß mit ihnen an.

Bald darauf verabschiedete sich Costa und verwies auf die lange Busfahrt nach Apollonas. Kouros brachte ihn zur Tür und dankte ihm herzlich, konnte ihn aber nicht aufheitern.

Als Eleni an diesem Tag nach Hause kam, sang sie vor sich hin. Sie konnte Schach spielen. Sie hatte den Herrn Apotheker in Schwierigkeiten gebracht. Beim nächsten Mal würde sie ihn schlagen. Den ganzen Abend genoss sie das Gefühl des Triumphes.

Als Panos sie so aufgekratzt sah, fühlte er sich noch niedergeschlagener. Er fragte sich schon seit einiger Zeit, wohin sie jetzt wohl jeden Mittwoch und Samstag nach der Arbeit ging. Solange sie mit sorgenvollem Gesicht herumlief, hatte er sich allerdings nicht besonders für diese Termine interessiert.

Als er an diesem Tag aber das Liedchen hörte, das seine Frau beim Kochen summte, verlor er die Fassung. Er wartete nicht mal, bis das Essen fertig war, sondern verließ türenknallend das Haus und ging direkt zum Armenier.

Der Moment war schlecht gewählt. Die Taverne war voll, und der Armenier rannte von einem Tisch zum anderen. Er ließ Panos ein Lammsouvlaki und eine Karaffe Weißwein bringen und schenkte ihm ab und zu ein aufmunterndes Lächeln.

Als die Stoßzeit vorüber war, setzte er sich an den Tisch des Freundes, dessen verzweifelter Ausdruck sein Mitleid weckte.

»So geht es nicht weiter«, erklärte Panos. »Ich lasse mich scheiden.«

»Das ist vielleicht etwas vorschnell«, meinte der Wirt vorsichtig. »Warte noch ein bisschen. Du wirst dich doch nicht wegen eines Schachspiels scheiden lassen.«

»Ich lasse mich scheiden, weshalb ich will«, brummte Panos nicht sehr überzeugt.

Der Armenier stand auf, holte eine Flasche Ouzo und stellte sie auf den Tisch. Er goss Panos ein großes Glas voll und gönnte sich selbst einen kleinen Schluck, an dem er genießerisch nippte, als könnte ihm das Anisgetränk, das er seit seinem sechzehnten Geburtstag täglich trank, eine unverhoffte Inspiration bescheren.

»Was macht sie denn?«, fragte er einfach, nachdem er eingesehen hatte, dass der Ouzo bei seinen Neuronen keinen produktiven Kurzschluss hervorrief.

»Sie amüsiert sich«, erklärte Panos düster und starrte auf sein milchiges Glas.

»Wie denn?«, fragte der Armenier unvorsichtigerweise.

Er hatte sich Eleni dickköpfig, aber nicht provozierend vorgestellt. Seine naive Frage hatte den Vorteil, dass sie Panos aus seiner Erstarrung riss. Wütend schrie er:

»Wie amüsiert man sich wohl? So!«

Er brach in lautes, unechtes Lachen aus und klatschte sich auf die Schenkel. Die anderen Gäste drehten sich um. Dem Armenier war es ein bisschen peinlich. Er setzte sein professionelles Entschuldigungslächeln auf und kratzte sich am Kopf. Der Gesang der in ihrer Serenade gestörten Vögel wurde lauter. Die Gäste wandten sich von Panos ab, der wieder in der anfänglichen Lethargie versank.

»Sie geht ziemlich oft weg«, sagte er nach einer Weile.

»Wir müssen Klarheit haben«, verkündete der Armenier. »Wir werden sie verfolgen.«

Panos hob den Kopf und sah forschend ins Gesicht des Freundes, der sich als weit einfallsreicher erwies, als er vermutet hatte. Seine Miene hellte sich auf. Nach dieser kurzen Aufwallung von Erleichterung und Energie versank er aber gleich wieder im Zweifel.

»Es ist unwürdig, seine eigene Frau zu verfolgen«, wandte er ein. »Wie sieht das denn aus?«

»Es sieht nach überhaupt nichts aus«, beruhigte ihn der Armenier. »Weil es niemand erfahren wird.«

Panos' Blick war immer noch misstrauisch, aber er gab zu, dass dies der einzige Weg war, ihm bei der Entscheidung zu helfen. Er hob das Glas und stieß mit dem Wirt an.

»Wie heißt du eigentlich richtig?«

»Sahac«, antwortete der Armenier, erstaunt über diese Frage, die ihm außer seiner Frau zwanzig Jahre zuvor nie jemand gestellt hatte.

»*Yamas*, Sahac!«, sagte Panos und leerte sein Glas in einem Zug.

»*Yassou*, Panos!«, antwortete dieser und tat es ihm nach.

Die beiden Männer tranken bis spät in der Nacht, und ehe sie sich trennten, verabredeten sie sich für den folgenden Mittwoch, den Tag, an dem Eleni immer verschwand.

Am nächsten Morgen lief Panos mit Verschwörermiene herum. Abgesehen von leichten Kopfschmerzen beim Aufstehen ging es ihm deutlich besser. Seine neue Spionagemission schenkte ihm eine Lebensfreude, wie er sie seit dem ersten Streit mit Eleni nicht mehr verspürt hatte. Panos überraschte sich selbst dabei, dass er vor sich hin summte, während er den Motor eines alten Autos überprüfte, den er auswendig kannte, so oft hatte er ihn auseinandergenommen und wieder zusammengesetzt. Mittags wischte er sich die Schmiere von den Händen und ging lächelnd nach Hause. Mit großem Appetit aß er das von Eleni zubereitete Stifado, dann kehrte er ebenso schwungvoll zur Arbeit zurück.

Eleni fand diese plötzliche Verhaltensänderung höchst verdächtig. Während sie das Geschirr abwusch, fragte sie sich, was wohl in der vergangenen Nacht geschehen war, ehe Panos um fünf Uhr früh nach Hause gekommen war. Das Klappern der Tür hatte sie geweckt. Es musste ein bedeutendes Ereignis sein, wenn ihr Mann nun wieder bester Laune war.

Eifersucht durchzuckte sie. Solche Empfindungen erlebte sie keineswegs zum ersten Mal, und sie waren oft berechtigt. Jetzt aber war es ihre Schuld. Sie war zu weit gegangen. Panos würde sie wegen einer anderen verlassen. Sie würde mit den beiden Kindern und ihrem Schachspiel allein bleiben. Sie würde sich für den Rest ihrer Tage in Schwarz kleiden. Sie war die Königin der Idioten.

Diese Vorstellung heiterte sie etwas auf. »Idiotisch vielleicht, aber immerhin Königin«, dachte sie und sah ein, dass es ohnehin zu spät war, den Rückwärtsgang einzulegen. Sie nahm sich vor, in der Kirche vorbeizugehen, die sie in letzter Zeit etwas vernachlässigt hatte.

Ehe Eleni am Mittwochnachmittag zu Kouros fuhr, machte sie deshalb einen kleinen Abstecher zur Kirche. Sie betrat den göttlichen Vorhof ebenso begeistert wie einst als Kind. Das Halbdunkel des nur von Kerzen erhellten Raums, der berauschende Weihrauchduft, die Fresken und die vergoldeten Ikonen, die den schwarz gekleideten, lautlos über den steinernen Kirchboden eilenden Priestern als Hintergrund dienten, beeindruckten sie stets aufs Neue. Elenis Gänsehaut rührte ebenso von der plötzlichen Temperaturveränderung her wie vom Respekt vor diesem heiligen Ort.

Langsam ging sie durch das Mittelschiff nach vorn und ließ sich von der Inszenierung der Erhabenheit gefangen nehmen. Sie verspürte kein Bedürfnis, mit einem Priester zu sprechen. Es wäre ihr unpassend erschienen, einen heiligen Mann mit ihrer Geschichte von Schach und Ehestreit zu belästigen. Die Kirche selbst enthielt die Antwort, die sie begehrte. »Man wendet sich nicht an Gott für ein Spiel«, warf sich Eleni vor. »Hast du an die Kinder, Frauen und Männer gedacht, die vor Hunger sterben oder im Krieg umkommen?«, fragte sie sich, während sie einen Platz suchte, um sich hinzuknien. Sie ließ sich auf eine Bank fallen und begann ihr Gebet, konzentrierte sich auf das Wesentliche, bat um das Heil ihrer Seele und der ihrer Nächsten und den Frieden in der Welt.

Dann kaufte sie fünf Kerzen und zündete sie an, wobei sie Gott den Allmächtigen anflehte, ihre Wünsche zu erhören.

Elenis Tun verwunderte Panos und Sahac, die sich nahe dem Eingang hinter einer Säule verbargen. Sie waren Eleni in einiger Entfernung gefolgt, wie sie es am Abend bei der Trinkerei beschlossen hatten.

»Da siehst du's«, flüsterte der Armenier, »du hast dich total geirrt! Sie hat sich in die Arme der Kirche begeben, das ist letztendlich eine sehr weise Entscheidung.«

Panos wusste, dass seine Frau gläubig war, blieb jedoch skeptisch. Zwischen Glauben und religiöser Inbrunst lag ein weiter Weg, und er konnte sich nicht vorstellen, dass Eleni diesen Weg ohne Weiteres überwand. Sie war vielleicht verrückt geworden, aber bestimmt nicht fanatisch.

Eleni verließ die Kirche erleichtert, über die nächsten hundert Meter trug sie die wohltuende Gewissheit, ihre Pflicht als orthodoxe Christin erfüllt zu haben. Sie nahm sich vor, künftig die Messe ebenso regelmäßig zu besuchen wie in den ersten Ehejahren. Als sie an der Bushaltestelle ankam, schwand ihre Begeisterung. Während sie auf das klapprige Fahrzeug wartete, das sie nach Halki zur Revanche gegen den Apotheker Costa bringen sollte, tauchten die Sorgen mit Ehe und Spiel, die sie an den heiligen Ort geführt hatten, ungelöst wieder auf. Sie hatte sich hingesetzt und sah auf ihre leicht geschwollenen Füße in den weißen Arbeitssandalen. Vielleicht sollte sie doch wieder das Gespräch mit Panos suchen, ehe es zu spät war.

Die beiden Männer, die rauchend hinter einem Zeitungskiosk standen und sie beobachteten, bemerkte sie nicht.

Der Bus kam. Während Eleni ihren Fahrschein kaufte, wechselte sie ein paar Worte mit dem Fahrer. Dann setzte sie sich nach hinten und ließ sich durch die blühende Landschaft tragen. In dieser Jahreszeit zeigte sich Naxos von seiner schönsten Seite. Die Erde war noch nicht verbrannt, sondern frohlockte in Grün und Gelb, hier und da violett gesprenkelt.

Eleni empfand besondere Zärtlichkeit für die Esel, die seit Urzeiten durch die Ebenen und Berge streiften. Ihr regelmäßiger, wenn auch störrischer Gang erfüllte Eleni mit liebevoller Zuneigung. Die Esel von Naxos hatten es wahrlich nicht gut. Als magere Träger riesiger Lasten hatten sie nur wenig freie Zeit, in der sie an einem Strick neben der Straße in der sengenden Sonne standen. Ohne Hoffnung auf Erlösung schauten sie misstrauisch nach den Passanten, während sie das trockene Gras kauten. Die schwerfälligen Cousins der anmutigen Pferde wurden von den Bauern weder für ihre Schönheit noch für ihre Fähigkeiten als Nachtwächter geschätzt. Ihre bisweilen boshafte Schicksalsergebenheit rührte Eleni. Sie hatte diese Nutztiere, oft kaum mehr als lebendige Vehikel, immer mit Respekt behandelt, wenn sie als junges Mädchen mit ihnen durch die Weinberge oder über die Felder zog. Für eilige Besucher, die aus einer Welt mit hektischem Rhythmus kamen, sahen alle Esel gleich aus, aber Eleni fielen immer die kleinen Besonderheiten auf, die sie unterschieden.

»Die Esel dieser Insel sind wie die Bauern beim Schachspiel«, überlegte sie sich. Keine moderne Maschine hatte sie ersetzen können. Sie gingen Schritt für Schritt, langsam, geduldig, ohne andere Bestimmung, als zu dienen und in fetten Jahren gutes Getreide zu essen. »In Paris gibt es sicher nur wenige Esel«, sagte sie sich und lächelte bei der Vorstellung eines Esels, der die Champs-Élysées hinuntertrabte. Im Fernsehen hatte sie Elefanten in Bombay gesehen, die sich mutig ihren Weg durch den Verkehr eines anderen Zeitalters bahnten, aber ein Esel in der französischen Hauptstadt kam ihr unpassend vor. Diese Gedanken beruhigten sie allmählich. »Panos wird mich nicht verlassen. Wir sind in derselben Welt aufgewachsen, haben die gleichen Mühen und die gleichen Schmerzen durchlebt. Er wird nicht den Mut haben, einer anderen Frau seine Kindheit zu erklären.«

Panos, der dem Bus am Steuer seines Wagens folgte, war gerade dabei, die entgegengesetzte Entscheidung zu treffen. Während der ganzen Fahrt verfluchte er sein Leben, die Frauen im Allgemeinen und seine eigene, besonders heimtückische. Sahac rauchte schweigend und lauschte zerstreut diesem Strom der Verbitterung. Er fragte sich, ob die Beschattung wirklich eine tolle Idee gewesen war.

»Kirche, von wegen!«, rief Panos. »Mich kann keiner für dumm verkaufen. Du wirst schon sehen«, versprach er drohend.

Eleni stieg in Halki aus dem Bus und nahm den kürzesten Weg zum Haus des Lehrers.

Diesmal war sie die Erste. Sie setzte sich an den Tisch im Wohnzimmer, und während sie wartete, dass ihr Gegner, der Apotheker, eintraf, plauderte sie mit Kouros. Dieser war zwar blass und wirkte noch hagerer als sonst, war aber bester Laune. Er stellte Eleni einige Fragen zur Spanischen Partie, die sie zufriedenstellend beantwortete.

Noch einmal erinnerte er sie an die Bedeutung der Bauern.

»Meistens eröffnet der Bauer die Partie, und oft spielt er eine entscheidende Rolle in der letzten Phase des

Spiels«, wiederholte er. »Der Bauer sieht nach nichts aus. Am Anfang scheint er sogar zu stören, und man neigt dazu, ihn schnell zu opfern, aber dann ist er es, der sich dem fliehenden König in den Weg stellt. Dieser einfache Soldat lässt dich womöglich die Partie gewinnen. Wenn du ihn zu nachlässig behandelst, schaffst du vielleicht ein Patt, aber ein richtiger Sieg verlangt vom ersten Zug an außerordentliche Vorausschau. Der Bauer ist der Einzige, der sich in eine Dame verwandeln kann, wenn du ihn unerbittlich vorangehen lässt. Er startet durch, wenn die Schwerfiguren das Spielfeld bereits verlassen haben.«

Eleni hörte Kouros' Anweisungen kaum zu, denn sie fing schon an, sich auf die bevorstehende Partie zu konzentrieren.

Panos und Sahac standen vor dem Seitenfenster des Hauses, von wo sie das Wohnzimmer beobachten konnten. Da sie das Gespräch nicht hören konnten, fragten sie sich gerade, was Eleni mit dem Alten machte, als sie plötzlich abtauchen mussten, weil eine dritte Person auf das Haus zuging. Sie warfen sich in die dornigen Sträucher, die heimtückisch ihre Unterarme zerkratzten. Dieser kleine Zwischenfall vergiftete die Situation zusätzlich und verwandelte Panos in einen schnaubenden Stier. Der Armenier, gelassen wie immer, verfluchte erneut die Idee, die er seinem Freund eingeredet hatte.

Als sie ihre Posten hinter dem Fenster wieder einnahmen, hatte Panos große Mühe, ruhig zu bleiben. Er trampelte von einem Fuß auf den anderen, als setzte er zum Sprung durch die Glasscheibe an, an die er die Nase presste, um die Gestalten im Halbdunkel zu erkennen.

Eleni und Costa saßen bereits vor dem Spiel, jeder ein Glas Wasser neben sich. Costa dachte über seine Eröffnung nach. Kouros stand neben dem Tisch und starrte auf das Schachbrett.

Sahac verbarg nur mit Mühe seine Erleichterung. Er hatte sich viel Schlimmeres ausgemalt als eine harmlose Schachpartie mit diesen Alten. Beinah hätte er losgelacht, aber er hielt sich zurück, da er bemerkte, dass Panos seine gute Laune nicht teilte, sondern wie gebannt auf die Szene starrte, die sich im Wohnzimmer des Lehrers abspielte.

Panos dachte nur daran, wie er dieser Provokation, diesem Verrat ein Ende setzen könnte, der sich, das war der Gipfel, mit seinem eigenen Schachspiel vollzog. Er hätte am liebsten gleich eingegriffen, seine Empörung herausgeschrien, die Situation unter seine Kontrolle gebracht. Aber etwas Unerklärliches hielt ihn zurück. Vielleicht war es die absolute Stille, die im Wohnzimmer zu herrschen schien, oder der Respekt, den er für den alten Mann und seinen Ruf als Weiser empfand. Er hätte es nicht zu sagen vermocht. Aber er wartete.

Sahac versuchte ihn abzulenken.

»Hör mal, das kann jetzt Stunden dauern. Hier passiert nichts mehr. Wir können gehen.«

Als einzige Antwort winkte Panos ungeduldig ab und lauerte weiter auf jede Bewegung im Haus.

Costa zog den ersten Bauern. Eleni begutachtete den Zug einen Moment. Es war unmöglich, jetzt schon die Pläne des Apothekers zu ahnen, aber sie wählte eine geschlossene Partie. Also führte sie wie im Spiegel die gleiche Bewegung aus. Ihre innere Spannung ließ unmerklich nach. Der Kampf hatte begonnen.

Sahac entfernte sich vom Fenster. Er machte ein paar Schritte durch den Garten, ohne die Gasse aus den Augen zu lassen. Er hatte keine Lust, dabei erwischt zu werden, wie er dem Lehrer hinterherspionierte. Sein Überleben als Geschäftsmann hing von seinem Ruf ab, er konnte sich keine Extravaganzen leisten.

Die Sorgen waren unbegründet. Zu dieser Nachmittagsstunde war die Gasse menschenleer. Nur eine getigerte Katze und ein paar dicke Eidechsen, die sich träge in der Sonne regten, hatten den Ort in Besitz genommen. Die Grillen machten ihren üblichen Lärm. Ab und zu warf der Armenier einen besorgten Blick zu Panos, der geradezu besessen war von der Szene, die sich vor seinen Augen abspielte. Zur großen Erleichterung des Wirts hatte er sich offenbar beruhigt. Panos hatte einfach den Moment verpasst, in dem er sich hätte zeigen können, zumindest empfand er es so. Je weiter die Partie voranging, desto unangebrachter schien eine spektakuläre Aktion.

Sahac sah unauffällig auf die Uhr. Jetzt waren sie schon fast eine Stunde hier. Er hatte nicht geplant, dass er den ganzen Nachmittag unterwegs sein würde, hielt es aber für unvorsichtig, Panos allein zu lassen.

Hätte Eleni den Kopf zum Seitenfenster des Hauses gehoben, hätte sie das Gesicht ihres Mannes gesehen, der die Nase an der Scheibe platt drückte. Aber selbst wenn sie die Augen ab und zu vom Brett löste, nahm sie ihre Umgebung nicht wahr. Die vierundsechzig Felder hatten die reale Welt verdrängt.

Der Apotheker spielte besser als beim letzten Mal. Er hatte die letzten Tage vor der Revanche genutzt, um sich vorzubereiten. Er war ein stolzer Mann von erbarmungsloser Logik, der einige Züge im Voraus berechnen konnte. Kouros hatte ihn nicht umsonst ausgewählt. Die beiden lagen dichtauf. Eleni hatte einen leichten materiellen Vorteil, weil es ihr immer noch widerstrebte, ihre Figuren allzu schnell zu opfern, aber Costas Armee war besonders gut aufgestellt und hielt sie in Atem. Sie durfte sich nicht den geringsten Fehler erlauben.

»Ich muss mal telefonieren«, verkündete Sahac schicksalsergeben.

Panos nickte, ohne den Blick abzuwenden. Während Sahac beiseite ging, damit man ihn drinnen nicht hörte, fragte er sich, was Panos wohl mit solchem Interesse beobachtete. Er hatte doch selbst festgestellt, dass im Haus des Lehrers nichts passierte, man sah nicht mal das ganze Schachbrett. Der Armenier seufzte, dann wählte er die Nummer der Taverne. Eine schmachtende Bouzouki drang an sein Ohr, ehe er die Stimme seiner Frau vernahm. Er erklärte ihr die Situation so knapp wie möglich, ohne Einzelheiten zu nennen, und kündigte ihr an, dass er womöglich zur Zubereitung des Abendessens nicht zurück sein würde. Er rechnete mit Vorwürfen, aber seine Frau nahm die Neuigkeit ungerührt zur Kenntnis.

»Gewinnt sie?«, fragte sie nur.

Sahac war völlig überrascht. Er hatte nicht an diese Frage gedacht, die für ihn ohne jede Bedeutung war.

»Ich habe keine Ahnung«, gab er zu und kehrte in den Garten zurück.

»Gewinnt sie?«, fragte er diesmal Panos, der immer noch am Fenster klebte.

Panos richtete sich zum ersten Mal seit Beginn der Partie auf und sagte verärgert: »Woher soll ich das wissen?«

Sahac legte die Hand über die Augen, um die Ereignisse drinnen besser zu erkennen. Die Haltung der Protagonisten ließ keinen nahen Sieg des einen oder anderen vorhersagen. Sie starrten weiterhin auf das

Spiel, ihre Gesichter verrieten keine Gefühle. Kouros, der ein paar Minuten verschwunden war, kehrte mit vollen Kaffeetassen zurück. Als er sie auf den Tisch stellte, warf er einen raschen Blick auf die Entwicklung des Spiels, dann setzte er sich in einen Sessel in der Ecke des Zimmers, die Arme auf der Lehne, die Fingerspitzen beider Hände aneinandergelegt wie eine menschliche Kathedrale, reduziert auf ihre schlichteste Form. Er verharrte in dieser Pose der Sammlung.

Eingeschüchtert von der stummen Konzentration, die im Wohnzimmer des alten Lehrers herrschte, ließ sich Panos schließlich überzeugen, vor dem Ende der Partie zu gehen.

Eleni war nachdenklich. Das Spiel hatte mit einem Patt geendet, aber der Vorteil lag klar beim Apotheker. Der hatte das Ergebnis mit einem befriedigten Lächeln kommentiert, obwohl er sich immer noch ärgerte, die Putzfrau nicht geschlagen zu haben. Kouros hatte keine besondere Reaktion gezeigt. Er hatte beide beglückwünscht und sie ziemlich schnell verabschiedet.

Der alte Lehrer war nicht unzufrieden. Der Ausgang der Partie war in seinen Augen nicht wichtig. Eleni hatte ernsthaft gespielt, ohne sich von Costas massivem Angriff aus dem Konzept bringen zu lassen. Kouros meinte, dass sie jetzt bereit war, anderen Partnern zu begegnen, weil sie sich allmählich von der Theorie gelöst hatte und ihr dennoch im passenden Moment nützliche Strategien einfielen. Die Last der Schuldgefühle wich von ihm. In den nächsten Tagen machte er keine Pläne. Er genoss einfach nur die wiedergewonnene Leichtigkeit.

Eleni hingegen kehrte in ihr trauriges Eheleben zurück. Panos hatte ihr immer noch nichts gesagt, aber den Druck, den er auf sie ausübte, auch nicht vermindert. Er schlief demonstrativ weiterhin im Wohnzimmer und behandelte sie voller Kälte. Die Flure des Hotel Dionysos und Marias fröhliches Plaudern waren Elenis einzige Zuflucht.

Als der kleine Urlaub vorbei war, den Kouros sich gewährt hatte, ging er zur Post, um ein Telefonbuch von Athen auszuleihen. Dann begann er seine Suche nach Amateurturnieren, an denen Eleni teilnehmen könnte.

Nachdem er zwei Nachmittage lang telefonisch durch die Hauptstadt geirrt war, erreichte er sein Ziel. Er fand einen Schachklub, der ihm passend schien. Der Leiter wies den alten Lehrer zunächst misstrauisch darauf hin, dass er keine externen Teilnehmer dulde und dass sich jede Person persönlich vorstellen müsse, ehe sie zugelassen werde. Außerdem bedürfe es einer mehrmonatigen Mitgliedschaft, ehe man sich für ein Turnier bewerben könne. Mit viel Takt und unter Einsatz seiner ganzen Überzeugungskraft überwand Kouros alle Hindernisse. Er erfand eine rührende Geschichte, beschrieb voller Leidenschaft die außergewöhnliche Begabung seiner Schülerin und erreichte schließlich eine sofortige Anmeldung. Das nächste Turnier würde in drei Wochen stattfinden. Eleni würde sich direkt in dem Klub im Stadtviertel Kolonaki vorstellen. Als Kouros auflegte, nachdem er seinem Gesprächspartner herzlich gedankt hatte, liefen ihm Schweißperlen über die Stirn.

Am nächsten Mittwoch teilte er Eleni die große Neuigkeit mit. Sie erblasste.

»Aber Professor«, stieß sie hervor, »ich bin noch nicht so weit.«

»Dummes Zeug«, urteilte Kouros. »Du wirst das sehr gut machen, meine kleine Eleni, glaub mir. Du spielst noch ein paar Partien mit Costa, und alles geht gut.«

Eleni hatte nicht den Mut, dem Lehrer zu widersprechen, der sich solche Mühe mit ihr gab, aber sie war keineswegs überzeugt. Sorgenvoll fuhr sie nach Hause zurück und ließ das Abendessen anbrennen, so sehr ängstigte sie der Plan, den Kouros für sie ersonnen hatte. Aber wie konnte sie jetzt noch kneifen? Das war nicht mehr möglich.

Am nächsten Samstag bat Kouros Costa, einen Platz auf dem Schiff für Eleni zu reservieren. Er wäre lieber selbst gegangen, aber der böse Husten, der ihn schon mal geplagt hatte, war zurückgekehrt, und er fühlte sich nicht gut.

Natürlich sagte er Eleni nichts davon, aber Costa musste er seine Schwäche eingestehen, ehe dieser schimpfend das Büro der *Flying Dolphins* aufsuchte und einen Platz für den Morgen des 17. Juni reservierte. Für die Putzfrau würde es sicher einfacher sein, ganz früh am Tag zu verschwinden.

Insgeheim hatte der Apotheker schon seit einiger Zeit Geschmack an der Komödie gefunden, in der er freiwillig mitspielte, auch wenn er lautstark das Gegenteil behauptete. Die Geschichte des Zimmermädchens, das er in den Gesprächen mit Kouros hartnäckig weiter »Putze« nannte, amüsierte ihn.

Eleni erzählte niemandem von der Reise. Ihre Abreise sollte sich nicht herumsprechen, ehe sie auf dem Meer war. Sie musste also absolute Diskretion bewahren. Die einzige Ausnahme war ein Besuch beim Friseur, den sie bat, ihre Haarfarbe und den Schnitt zu erneuern. Sie konnte schließlich nicht in die Hauptstadt fahren, ohne sich um ein bisschen Eleganz zu bemühen. Sie leistete sich sogar eine kleine Verrücktheit, als sie dem Friseur vorschlug, ihre Haare kürzer als üblich zu schneiden. Dieser war zwar überrascht, beglückwünschte sie jedoch zu ihrem Entschluss, und Eleni war mit dem Ergebnis zufrieden.

Panos bemerkte die Veränderung, kommentierte sie jedoch nicht. Nur vor sich selbst gab er zu, dass der neue Haarschnitt sie jünger machte, was ihn ärgerte. Er ahnte jedoch nicht, dass die Frisur nur das Vorzeichen einer Revolution war.

Am Vorabend der Abreise packte Eleni ihre Sachen und schrieb einen kurzen Brief an ihren Mann. Sie zögerte lange, wie sie sich ausdrücken sollte. Nachdem sie mehrere Entwürfe zerrissen hatte, entschied sie sich schließlich für wenige sachliche, geradezu lapidare Sätze.

Als der große Tag anbrach, stand Eleni vor dem Morgengrauen auf und verließ unauffällig das Haus. Ihr Brieflein lag gut sichtbar auf dem Küchentisch. Mit dem Lederkoffer in der Hand eilte sie die Gassen zum Hafen hinunter, wo sie eine halbe Stunde zu früh ankam. Sie setzte sich etwas abseits auf eine Bank, auf der sie sich vor neugierigen Blicken möglicher Frühaufsteher geschützt glaubte, und sah zu, wie sich die mit Marmor und Schmirgel beladenen Lastwagen am Hafen sammelten.

Zum ersten Mal unternahm sie allein eine solche Reise. Die wenigen Gelegenheiten, da sie die Insel verlassen hatte, ließen sich an einer Hand abzählen, und immer waren ihre Eltern oder Panos bei ihr gewesen. Nervös kontrollierte sie den Inhalt ihrer Handtasche. Sie hatte daran gedacht, ihr Schachlehrbuch mitzunehmen, falls sie eine Strategie oder eine Verteidigung nachschlagen musste. Zum vierten Mal zählte sie das Geld, das sie ins Portemonnaie gesteckt hatte. Achtzigtausend Drachmen, die für Unterkunft, Essen, Fahrkarten und die Geschenke reichen mussten, die sie ihren Kindern mitbringen wollte. Hätte sie doch wenigstens Dimitra mitnehmen können! Die Einsamkeit quälte sie schon jetzt.

Kouros hatte ihr angeboten, die Reise zu bezahlen, aber sie hatte es stolz abgelehnt. Wozu hatte sie denn all die Jahre gearbeitet, wenn sie sich nicht einmal diesen kleinen Luxus leisten konnte?

Ihre Hand glitt über die glatte, kühle Oberfläche des Geschenks, das sie sich selbst am Vortag gemacht hatte, einen kleinen Flakon *Eau sauvage*. Dieser Kauf hatte ihre Ersparnisse schon beträchtlich angegriffen, aber er würde ihr Glück bringen, da war sie ganz sicher. Getröstet dachte sie mit einem kleinen Lächeln an den Moment zurück, da ihr der Verkäufer mit der leichten Herablassung, die Eingeweihte oft den Novizen entgegenbringen, erklärt hatte, eigentlich handele es sich um ein Parfum für Männer. Sie war kurz davor gewesen, auf den Kauf zu verzichten, dann hatte sie sich plötzlich gesagt, dass es nichts ausmachte. Was zählte, war der Duft. Und der hatte sie von dem Moment an begeistert, da sie ihn zum ersten Mal gerochen hatte.

Eleni holte das teure Fläschchen aus der Tasche und öffnete es. Der Duft stieg zu ihr auf, verjagte alle vertrauten Hafengerüche und hüllte sie in eine Wolke des Luxus. Sie strich sich zwei Tropfen hinter die Ohren und richtete sich auf. Dann machte sie den Flakon wieder zu und steckte ihn sorgfältig ein.

Eleni schloss die Tasche, presste sie auf ihre Knie und sah sich um.

Der Kai füllte sich, je näher die Abfahrtszeit rückte. Eleni erkannte das Auto eines Kunden von Panos, ein Landwirt und Eigentümer eines großen Olivenhains. Sie kauerte sich auf ihrer Bank zusammen, damit er sie nicht bemerkte. Sie wollte nicht in letzter Minute alles verderben.

In der Ferne sah sie das Schiff kommen. Es wirkte sehr klein, aber als es sich näherte, verwandelte es sich in den riesigen *Flying Dolphin*, den sie so oft bewundert hatte. Diesmal kam er wegen ihr. Es war ihr Schiff.

Die Schiffssirene ertönte, und die Fähre presste ihr gewaltiges Hinterteil gegen den Kai, ehe sie ihr Inneres offenbarte. Ungeduldig griff Eleni nach dem Koffer und ging auf den Bauch des Walfischs zu. Sie stellte sich ans Ende der Schlange, die sich sogleich gebildet hatte. Als sie an der Reihe war, zeigte sie ihren Fahrschein dem Kontrolleur, der ihn einriss, ehe er sie vorbeiließ. Eine kleine Treppe führte in die erste Etage, und sie suchte in den langen Sitzreihen ihren Platz. Ein höflicher Steward kam ihr zu Hilfe und geleitete sie zu ihrem Sessel. Sie wollte sich nicht von ihrem Gepäck trennen und klemmte es zwischen die Beine. Das war nicht sehr bequem, aber sie unterwarf sich gern diesen Umständen. Der Steward bedrängte sie nicht. Er war an die kleinen Absonderlichkeiten der Insulaner gewöhnt. Als Eleni sich endlich an ihrem Platz eingerichtet hatte, holte sie tief Luft. Sie würde wirklich wegfahren. Die Menschen, die am Kai zurückgeblieben waren, kamen ihr sehr klein vor.

Nach einer Viertelstunde ertönte die Sirene ein zweites Mal, das Schiff erbebte und fuhr hinaus aufs Meer.

Kouros war früh aufgewacht und sah auf die Uhr. Eleni war unterwegs. Er freute sich für sie. Als er aufstehen wollte, um sich Kaffee zu kochen, gaben seine Beine nach. Er hustete heftig und beschloss, ein paar Minuten mit dem Aufstehen zu warten. Er fühlte sich, als habe er Fieber. Trotzdem wollte er den Tag wie immer verbringen. »Fieber ist was für Kinder«, verkündete er sich selbst. Seit mehr als sechzig Jahren hatte er diese Symptome nicht mehr gespürt.

Auch Panos erwachte früher als üblich, mit dem vagen Gefühl, dass irgendetwas nicht stimmte. Als er den Zettel auf dem Küchentisch fand, stieß er ein wütendes Heulen aus, das an die Schiffssirene erinnerte.

Von seinem Gebrüll alarmiert, rannten die Kinder herbei, aber ihr Vater war schon im Flur. Mit dem Zettel wedelnd, stürmte er auf die Straße, ohne eine Erklärung abzugeben.

Yannis und Dimitra standen im Pyjama an der Tür und sahen einander fragend an. Dann gingen sie durchs Haus und stellten fest, dass sie allein waren. Sie zogen daraus keine voreiligen Schlüsse, sondern machten wortlos Frühstück. Die letzten Monate hatten sie an die Eskapaden ihrer Eltern gewöhnt, und keiner von beiden wollte als Erster eine unerfreuliche Hypothese aussprechen. Also aßen sie ihr Brot und lächelten sich hin und wieder zu, als wollten sie sich gegenseitig ermutigen.

Panos stürzte zur Taverne des Armeniers, die noch geschlossen war. Er wusste, dass Sahac in einer kleinen

Wohnung über seinem Restaurant wohnte, obwohl er ihn dort noch nie besucht hatte. Wie rasend trommelte er gegen die Tür.

Nach ein paar Minuten öffnete ihm der Wirt zerzaust und mit roten Augen. Wortlos winkte er ihn herein und führte ihn in ein spartanisch möbliertes Wohnzimmer. Er bot ihm die einzige bequeme Sitzmöglichkeit an, einen abgewetzten Samtsessel von verblichenem Ocker, und verließ das Zimmer.

Panos blieb einen Moment allein mit seiner Wut und seiner Fassungslosigkeit. Er konnte sich immer noch nicht vorstellen, dass Eleni wirklich ausgerissen war, und las zum wohl hundertsten Mal den knappen Brief, den ihm seine Frau hinterlassen hatte.

Lieber Panos, ich bin nach Athen gefahren, um an einem Schachturnier teilzunehmen. Bis bald. Eleni.

In schwarzen Hosen und blauem T-Shirt trug Sahac ein reichliches Frühstück herein. Seine Frau folgte ihm mit Kaffee und Tassen. Nachdem sie den Gast begrüßt hatte, ließ sie die beiden Männer allein. Panos schob dem Armenier Elenis Nachricht zu. Dieser las sie aufmerksam, dann drehte er sie in alle Richtungen, um sich zu vergewissern, dass ihm keine Information entgangen war.

»Ist sie heute früh gefahren?«, erkundigte er sich, während er Kaffee eingoss.

Panos nickte. Dann leerten die beiden Männer schweigend ihre Tassen.

»Wer weiß davon?«, fragte der Armenier nach dieser Denkpause. Er schnitt sich eine kräftige Scheibe Brot ab, auf der er schwarze Oliven anordnete, ehe er sie mit Öl begoss.

»Ich«, antwortete Panos mühsam. »Bis jetzt ... Und du natürlich«, ergänzte er, um Genauigkeit bemüht. »Kouros, vermute ich. Bestimmt hat er das alles ausgeheckt.«

»Wenn ich du wäre, würde ich den Lehrer außen vor lassen«, antwortete Sahac mit vollem Mund.

»Trotzdem ... ich würde ihm gern einen kleinen Besuch abstatten, diesem Heuchler, diesem vornehmen ... Arsch.«

Nach dieser Beschimpfung, die ihm seit langem auf den Lippen brannte, fühlte Panos sich schon etwas besser.

»Warum soll man die Dinge nicht beim Namen nennen?«, fügte er hinzu und nahm sich eine Olive aus der weißen Schüssel.

»Natürlich soll man das«, sagte der Armenier. »Aber darum geht's jetzt gar nicht.«

Panos sah ihn überrascht an. Er hatte keine Ahnung, worauf der Freund hinauswollte. Sahac kaute seelenruhig an seinem Brot. Panos verlor die Geduld.

»Red schon!«, befahl er ihm.

Der Armenier ließ sich nicht lange bitten.

»Seit unserem Ausflug nach Halki habe ich über die Frage nachgedacht. Meiner Meinung nach gibt es nur zwei Möglichkeiten. Die eine ist, dass du dich scheiden lässt. Willst du dich scheiden lassen?«

Panos brummte etwas Unverständliches vor sich hin, aus dem Sahac das Wort »gewöhnt« herauszuhören meinte.

»Das habe ich mir auch gedacht.«

»Und die andere Lösung?«, fragte der leidende Ehemann.

»Du findest dich damit ab. Mehr noch: Du bekennst dich dazu!«

»Kannst du vielleicht etwas deutlicher werden?«, explodierte Panos, dessen Geduld endgültig erschöpft war.

»Sei stolz auf sie! Dazu hast du übrigens allen Grund.«

Ein Blitz schoss durch Panos' Gehirn. Sahac war schon wieder ganz und gar mit dem Frühstück beschäftigt.

Am liebsten hätte Panos den Gedanken rundheraus abgelehnt, den ihm der Armenier da einreden wollte. Während sich in seinem Innern ein wahrer Titanenkampf abspielte, beschloss er, sich erst einmal zu stärken, nachdem er das Frühstück auf dem Tisch bisher ignoriert hatte. »Manchmal bringt das Essen ebenso Rat wie der Schlaf«, überlegte er sich, während er sich eine Mahlzeit zusammenstellte.

Maria, die Besitzerin des Hotel Dionysos, sah schon zum dritten Mal auf ihre Uhr. Sie hatte sie bereits mit der großen in der Hotelhalle verglichen. Beide schienen hervorragend zu funktionieren. Aber es war Viertel vor sieben, und Eleni war immer noch nicht da. Sie begann sich Sorgen zu machen. Noch nie hatte ihre Angestellte ihre Arbeit versäumt, ohne Bescheid zu geben. Die ersten Gäste kamen in den Speisesaal, um zu frühstücken.

Vorläufig musste sie hier auf ihrem Platz bleiben. Sie bat ihren Sohn, bei Eleni anzurufen und mit dem anderen Zimmermädchen eine Lösung zu suchen. Während sie zerstreut ihre Gäste bediente, zeigte sie nach außen gute Laune. Sie war nicht wütend, sondern machte sich Sorgen. Ihr Sohn kam zurück und berichtete, dass bei Eleni niemand abnehme und sie bestimmt schon unterwegs sei. Maria blieb skeptisch, rang sich jedoch ein Lächeln des Dankes ab. Eine Stunde lang füllte sie Tassen, deckte Tische neu ein und redete über das schöne Wetter, während sie sich sagte, dass alles ihre Schuld sei. Sie hätte mit ihr sprechen müssen. Diskretion war eine Sache, Nachlässigkeit eine andere.

Um halb neun öffnete sich die Hoteltür, und ein etwa fünfzehnjähriger Junge, den sie vom Sehen kannte, kam herein. Eingeschüchtert von den Blicken der Touristen blieb er am Eingang stehen. Maria ging ihm entgegen. Erleichtert reichte ihr der Junge einen Brief, den sie hastig an sich nahm. Sie gab ihm etwas Kleingeld, der Junge bedankte sich und verschwand.

Ungeduldig riss Maria den Umschlag auf. Die sorgfältige Schrift offenbarte die fehlende Übung des Schreibers. Mit einem Blick überflog sie die kurze Nachricht:

Ich muss Ihnen leider mitteilen, dass meine Frau, Eleni Pannayotis aus Naxos, heute nicht zur Arbeit kommen kann, weil sie in die Hauptstadt gefahren ist, wo sie unsere Insel bei einem Schachturnier vertreten wird. Wir bitten um Entschuldigung für mögliche Unannehmlichkeiten. Hochachtungsvoll, Panos Pannayotis.

Panos und der Armenier hatten lange über die passende Formulierung nachgedacht und beschlossen, dass man zu »Eleni« »aus Naxos« hinzufügen müsse, damit das Bekenntnis mehr Gewicht bekam. Sie hatten auch über die Möglichkeit nachgedacht, das Adjektiv »schöne« vor »Insel« zu setzen, dann aber darauf verzichtet, weil ihnen die Formulierung zu emotional und obendrein überflüssig vorkam. Die Besitzerin des Dionysos stammte aus Naxos und hatte ganz sicher eine patriotische Ader. Es war nicht nötig, noch eins draufzusetzen.

Das Naxos-Tor verschwand am Horizont und machte der blauen Weite Platz, in der Himmel und Meer ineinanderflossen. Eine undeutliche Trennlinie, die eher die Spuren zwischen den Elementen zu verwischen schien. Ganz Naxos wurde vom schillernden Blau verschlungen.

In der ersten Stunde blieb Eleni auf ihrem Platz und blickte auf das Wasser, das um den Rumpf des Schiffes schäumte. Sie freute sich am Widerschein der Sonnenstrahlen auf der bewegten Meeresoberfläche.

Zuerst waren sie an Paros vorbeigefahren, das sie gut kannte, weil ihre Cousinen in Naoussa wohnten, einem kleinen Fischerdorf im Norden der Insel.

Wenn sie mit Panos und den Kindern zu Besuch kam, aßen sie immer in einer Taverne am Meer gegrillten Tintenfisch. Bei jeder Bestellung wählte der Wirt ein Tier aus dem Fang des Morgens, der auf einer Leine in der Sonne trocknete. Eleni mochte dieses kleine Ritual.

Paros war so nah an Naxos, dass sich die beiden Inseln bei jedem Wetter sehen konnten. Man musste nicht einmal das Linienschiff nehmen, sondern ließ sich von einem Fischer übersetzen, der mit seinem Boot hinausfuhr.

Je weiter sich Eleni von ihrem Heimathafen entfernte, desto öfter zweifelte sie bei den Namen der Inseln, die sie passierten. Natürlich erkannte sie Delos, Mykonos und Syros, aber dann sah sie in der Ferne, links vom Schiff, eine kleine Insel, deren Namen sie vergessen hatte. »Ich müsste sie alle mindestens einmal besuchen«, sagte sie sich. »Die Leute kommen vom anderen Ende der Welt, um sie zu sehen, und ich kenne sie nicht mal.«

Sie beschloss, ihren Koffer am Sitzplatz zu lassen, und vertraute ihn der Nachbarin an, mit der sie ein paar Worte gewechselt hatte. Auf dem hinteren Deck wehte ein kräftiger Wind, es war beinah kalt. Die vom Meer gespiegelte Sonne blendete. Eleni lehnte sich an die Brüstung, schloss die Augen und atmete tief durch.

Ein breites Lächeln trat auf Marias Gesicht, als sie Panos' Brief gelesen hatte. Sie stellte sich die langwierigen Mühen vor, die so würdige wie elegante Wendungen hervorgebracht hatten.

Welches Ereignis mochte diese spektakuläre Verhaltensänderung hervorgerufen haben? Sie konnte sich sehr gut vorstellen, welche Überwindung Panos die Entscheidung gekostet hatte.

Diese Wendung erstaunte sie sehr. Sie kannte Elenis Mann seit vielen Jahren. Sie hatten eine höfliche, aber distanzierte Beziehung, da sie verschiedenen Welten entstammten. Wie die meisten Einheimischen ließ sie ihre Autos bei ihm reparieren; er galt als der geschickteste Mechaniker der Insel. Sie hatte ihn immer nur im blauen Overall gesehen, die Hände voller Schmiere, oder abends in der Taverne des Armeniers, wo er ein Gläschen Ouzo trank und mit Freunden spielte und diskutierte. Das war nicht der Typ, der die Traditionen über Bord warf. Und dennoch hatte er es getan.

Maria bedauerte, dass sie die große Neuigkeit über so einen Umweg erfuhr. Wenn Eleni nur mehr Vertrauen gezeigt hätte, hätte sie sie bei ihrem Abenteuer aktiv unterstützen können. Das hätte ihr Spaß gemacht. Einen Moment lang war sie zwischen Kränkung ihrer Eigenliebe und Freude hin- und hergerissen. Dann gab sie ihrem tiefen Bedürfnis nach Harmonie nach und entschied sich für Letztere. Wenn sich der Autoschlosser überwunden hatte, konnte sie auch etwas einstecken. Sie war nicht nachtragend.

Maria faltete den Brief zusammen, steckte ihn in ihre Schürze und ging zurück in den Speisesaal. Sie wusste jetzt, welchen Gefallen sie ihrem Zimmermädchen tun konnte. Ruhig nahm sie ihre Arbeit wieder auf, lobte das gute Wetter, servierte Kaffee und erzählte den Touristen von Elenis Großtaten. Dann informierte sie den Briefträger nüchtern darüber, dass Eleni die Insel bei einem großen Schachturnier vertrete. Er traute seinen Ohren nicht. Maria bemühte sich, jedem die Neuigkeit mitzuteilen, allerdings ganz natürlich, wie nebenbei. Sie sprach von Elenis Begabung, als wäre sie persönlich bei jeder gespielten Partie dabei gewesen. Das verlangte einige Geschicklichkeit, weil sie keine Ahnung von dem Spiel hatte, aber die Erfahrungen, die sie in ihrem Hotel erworben hatte, waren ihr eine große Hilfe. Kommunikation war ihre Stärke. Schon als junges Mädchen hatte ihr Vater sie an den Empfang gesetzt, um den Kontakt mit den Gästen zu pflegen. Sie konnte über jedes beliebige Thema plaudern, die Gemüter beruhigen, die Eiligsten zur Geduld bewegen. So ein Schachspiel würde sie bestimmt nicht in Verlegenheit bringen.

Als die letzten Gäste gegangen waren, zog sie die Schürze aus, bat ihren Sohn, das Aufräumen zu übernehmen, verließ das Hotel und ging den Hügel hinunter ins Stadtzentrum. Am ersten Kiosk kaufte sie sich eine Zeitung und eine Schachtel Zigaretten. Sie setzte sich gut sichtbar auf die Terrasse eines Cafés und bestellte ein Frappé. Während sie darauf wartete, dass die ersten Bekannten auftauchten, öffnete sie die Zeitung und überflog sie zerstreut.

In Sachen Buschfunk stand Maria Katerina in nichts nach. Sie war auch ein Profi, obwohl sie ihr Talent normalerweise nicht für Klatsch einsetzte. Das Ergebnis ließ nicht auf sich warten. Vor dem Mittag wusste ganz Hora, dass Eleni ihnen die Ehre erwies, die Insel bei einem erstrangigen europäischen Schachturnier zu vertreten, das in diesem Moment in Athen stattfand.

Gegen zwei Uhr am Nachmittag sah Panos die ersten Neugierigen in der Werkstatt ankommen. Alle fragten nach Einzelheiten, und er hatte Mühe, sich etwas auszudenken. Sein Bericht war recht knapp. Diese Zurückhaltung schrieb man der Schamhaftigkeit zu und dem Unbehagen, im Rampenlicht zu stehen. Die Glückwünsche nahm er jedoch gern entgegen.

Nachdem er sich den ganzen Tag erbärmlich gefühlt hatte, ließ sich Kouros am Abend endlich dazu herab, den Arzt anzurufen. Dieser stellte ohne Mühe eine akute Lungenentzündung fest und ließ seinen Patienten trotz heftiger Proteste sogleich ins Krankenhaus von Hora bringen.

Kouros wurde vom Räderwerk der Medizin verschluckt, das sich in Gang setzte, sobald seine Trage über die Schwelle gelangt war. Eine Mannschaft aller Dienstgrade paradierte vor seinem Bett: Spezialisten, Professoren, Studenten, Krankenschwestern, Pfleger. Die einen gaben mit leiser Stimme Anweisungen, die anderen führten sie schweigend aus. In einem endlosen Strom beugten sich besorgte, gleichgültige, mitleidige Gesichter über ihn. Schläuche wurden angebracht, Medikamente verabreicht, Behandlungen verordnet. Die Zimmertür öffnete und schloss sich ohne Pause. Gedämpfte Schritte und das Rascheln gestärkter Kittel erfüllten den Raum. Dann überließ man den alten Mann seiner Einsamkeit und seinem lauten Atem.

Kouros verbrachte eine schlechte Nacht. Trotz der Medikamente hatte er starke Schmerzen in der Brust. Neben dieser Qual gab es eine zweite, die fast noch schlimmer in ihm wühlte. Er war wütend, dass er seine Einweisung ins Krankenhaus nicht hatte verhindern können. Er hasste diesen Ort noch mehr als die ganze Frömmelei, die man ihm im Laufe seines Lebens als Trost angeboten hatte. Er war allergisch gegen den Geruch von Desinfektionsmitteln, der die Gänge verpestete, den süßlichen Ton, in dem die Krankenschwestern mit ihm sprachen, und das leichengrüne Licht, das sein Zimmer erhellte. Wie hatte er sich nur so blöd reinlegen lassen können? Dabei war er doch auf die Möglichkeit einer plötzlichen Krankheit vorbereitet gewesen. Er wusste, was er hätte tun müssen, aber er hatte es nicht getan. Sein Wille hatte in letzter Minute schlapp gemacht. Jetzt blieb ihm nichts anderes mehr übrig, als auf sich selbst böse zu sein.

Trost spendete Kouros nur die Gewissheit, dass Eleni in Athen war. Aus Vorsicht hatte sie sich in Piräus ein Taxi genommen und war nun beeindruckt vom Gewimmel und Gewirr der Straßen in der Hauptstadt. Sie ging in ihr Hotel, wo sie sich entzückt überzeugte, dass der Fernseher funktionierte und dass ihr die Direktion ein Stück Seife ins Bad gelegt hatte.

Nach einer Erfrischung nahm sie ihren ganzen Mut zusammen und ging zu dem Klub, in dem sie ihre erste Partie spielen sollte. Sie fühlte sich überall unbehaglich, lief dicht an den Hauswänden entlang, stotterte am Eingang ihren Namen, bedauerte hundertmal, gekommen zu sein, bis sie dann vor dem Schachbrett saß.

Vorsichtig schob sie ihren ersten Bauern vor und betrat damit den Raum, den sie sich zu eigen gemacht hatte, den Raum der vierundsechzig Felder, die für ein paar Stunden die Welt ersetzten.

Sich Eleni im Stadtviertel Kolonaki mitten in Athen vorzustellen, wie sie mit völlig Unbekannten Schach spielte, erfüllte Kouros mit Freude. Er begann zu dösen. Auch wenn sie alle Partien verlor und schon in der ersten Runde ausschied, was sehr wahrscheinlich war, hatte das nicht mehr die geringste Bedeutung. Sie hatte die Reise gemacht.

Am nächsten Tag riefen Panos und der Armenier bei dem alten Lehrer an. Sie ließen es lange klingeln, aber niemand nahm ab. Sie hatten gehofft, ein paar Informationen zu ergattern, um die Geschichte auszuschmücken, die Panos den Neugierigen erzählen musste. Sie wunderten sich über die Abwesenheit des Alten und nahmen sich vor, es später am Tag wieder zu versuchen. Dann vergaßen sie es, waren beide zu beschäftigt, Panos damit, seinen Bericht zu verschönern, während er vorgab zu arbeiten, und Sahac, seine Gäste zu bedienen, die in dieser Jahreszeit sehr zahlreich waren.

Am späten Nachmittag des zweiten Tages im Krankenhaus wurde Kouros' Zimmertür aufgestoßen, ohne dass der Eindringling wenigstens die Höflichkeit besessen hätte, vorher anzuklopfen.

Eingeschläfert von starken Schmerzmitteln döste Kouros, der keinen Besuch erwartete, in seinem Bett. Zusammenhanglose Träume trugen ihn davon, warfen ihn hier und da an die Grenze seines Bewusstseins, wie mächtige Wellen eines aufgewühlten Meeres ein Stück Holz herumwirbeln.

Costa schenkte den Abwesenheiten seines Freundes keinerlei Aufmerksamkeit, sondern stürzte sich direkt auf das Telefon auf dem Nachttisch und schüttelte es heftig.

»Und das, was ist das?«, schnauzte er Kouros an. »Als du vor zwei Monaten wolltest, dass ich mit deiner Eleni Schach spiele, wusstest du noch sehr gut, wie das funktioniert.«

»Es ist nicht angeschlossen«, antwortete Kouros, den das Geschrei des pensionierten Apothekers aus seiner Betäubung gerissen hatte.

»Alter Schwachkopf«, versetzte Costa und ließ sich polternd auf den einzigen Stuhl fallen, der für Besucher bestimmt war. »Du wirst dich niemals ändern.«

Aus der letzten Bemerkung war der Ärger gewichen, der ihn bisher gelenkt hatte. Es war eine bloße Feststellung.

»Ich hatte nie die geringste Absicht, mich wie eine Schlange zu häuten, und jetzt weniger denn je«, versetzte der alte Lehrer mit der ihm eigenen verletzenden Arroganz.

Nur seine schwache, krächzende Stimme verriet den alarmierenden Zustand, in dem er sich befand.

»Das wäre nicht nur absurd, sondern geradezu pathetisch«, meinte er hinzufügen zu müssen. »Ich werde dich doch nicht für mein letztes Röcheln herbestellen!«

Er verwandte den Begriff mit einer Prise Humor und der Liebe für das treffende Wort, die ihn stets bewegt hatte.

»Das ist doch kein Schauspiel, für das man Einladungen verschickt.«

Seine abschließenden Worte wurden von einem Hustenanfall begleitet.

»Wie du siehst, bin ich trotzdem gekommen«, sagte der Apotheker schließlich und überspielte seine Bestürzung, indem er umständlich die Jacke auszog. »Und bei deinem ausgeprägten Widerspruchsgeist traue ich dir ohnehin zu, dass du davonkommst.«

Kouros beantwortete diesen Gedanken mit einem Lächeln.

»Wenn du angerufen hättest, hättest du verhindert, dass ich den Ermittler spiele und all deine Nachbarn aufscheuche«, erläuterte Costa nach kurzem Schweigen friedlich. »In diesem Moment weiß ganz Halki, dass der Apotheker Costa, dessen Ruf man kennt, verzweifelt seinen alten Freund Kouros gesucht hat. Keine Ahnung, ob das pathetisch ist, aber absurd ist es auf jeden Fall.« Diese Bemerkung konnte er sich nicht verkneifen, falls dem Lehrer die Lächerlichkeit der Angelegenheit entgangen sein sollte.

»Was macht das jetzt noch?«

Kouros' rhetorische Frage verlangte keine Antwort. Der Apotheker gab sie trotzdem.

»Ich fürchte, dass die Größe des Kranzes reduziert und die Reden verkürzt werden«, erklärte er beinah fröhlich, ohne die Rücksicht, die sensible Menschen am Bett von Sterbenden normalerweise an den Tag legen. »Das hast du alles deiner Putze zu verdanken, die nach Athen gefahren ist, um sich zu amüsieren.«

»Das solltest du besser auch machen, anstatt mich in einem entscheidenden Moment meines Lebens aufzuhalten«, antwortete Kouros scherzhaft.

»Du hast mich entehrt, viel mehr wirst du nicht aus mir rausholen. Hier bin ich, und hier bleibe ich«, erklärte Costa und holte eine Zeitung aus der Tasche seiner absichtlich etwas auffällig gewählten Jacke.

»Mac-Mahon«, kommentierte Kouros fast automatisch.

»Was?«, fragte Costa.

»Mac-Mahon, Duc de Magenta. Diesen berühmten Satz soll er am 8. September 1855 während des Krimkriegs gesagt haben«, erklärte der alte Lehrer mit größtem Ernst, dann schlummerte er ein.

Costa blieb allein mit den Nachrichten des Tages und seinem Ärger. Der alte Schwachkopf hatte die Pedanterie so weit getrieben, ihm auch noch eine Geschichtslektion zu erteilen. Diese Feststellung raubte dem Apotheker die Fassung.

»Mac-Mahon«, wiederholte er immer noch ungläubig, als enthielte der Name des Duc de Magenta eine verborgene Information, die das Geheimnis der schwer erträglichen Persönlichkeit des Lehrers lüften könnte.

Dieser denkwürdige Wortwechsel war ihr letztes Gespräch. Kouros' Gesundheitszustand verschlechterte sich rapide. Trotz der Bemühungen des Krankenhauspersonals konnte sein Körper die Krankheit nicht besiegen. Nach zweitägigem Kampf mit den Drachen, die ihm die Lungen zerfraßen, starb Kouros in Zimmer 8 des Krankenhauses von Hora. Costas Dickfelligkeit wurde auf eine harte Probe gestellt.

Er tat, was nötig war, und zog sich zurück, als Kouros' lärmende Familie heranstürmte, um einen Platz einzunehmen, den sie zu seinen Lebzeiten nie beansprucht hatte. Das Zimmer, in dem der Lehrer lag, stank bald nach Weihrauch, dessen Schwaden sich mit dem Dunst geflüsterter Spekulationen über mögliche Reichtümer mischten. Nur gelegentliches Kindergeschrei wie aus dem Nichts störte die zeremonielle Geschäftigkeit. Es war höchste Zeit zu verschwinden.

Costa fuhr nach Hause. Als sich der erste Kummer gelegt hatte, fiel ihm plötzlich Eleni ein. In den Wirren der letzten beiden Tage hatte er sie völlig vergessen, aber sie war immer noch in Athen, und man musste ihr die Nachricht zukommen lassen. Mit Bedauern schob er den Gedanken beiseite, einfach ihr Hotel anzurufen. Man musste schon ein echter Rohling sein, um so zu handeln, und auch wenn Costa sich gern so gab, war er es nicht.

Er dachte lange nach, sah aber keine andere Lösung, als das erste Schiff nach Athen zu nehmen. Er packte seine Tasche und verfluchte sein Schicksal. Mit welchem ironischen Taschenspielertrick hatte es ihn nun zum düsteren Boten in dieser Angelegenheit auserkoren? Wie konnte es passieren, dass ihm die »Putze« als einziges Erbe des Verstorbenen blieb?

Die Überfahrt kam Costa kurz vor, denn er fürchtete die Ankunft. Diesmal hatte Athen nichts von einer Verheißung. Er würde Elenis wortreichem Schmerz begegnen müssen. Er konnte sich die Szene sehr gut vorstellen. Sie schluchzend auf dem Bett in ihrem Hotelzimmer, während er ungeschickt nach Papiertaschentüchern suchte. Das hätte ihm Kouros wirklich ersparen können!

Als sich das Schiff dem Land näherte, ging er trotz seiner Befürchtungen an Deck und lehnte sich an die Reling. Er wollte den Moment nicht verpassen, da der orangegraue Nebel, der die Stadt an manchen allzu heiteren Tagen einschloss, mit einem Mal zerriss und die grünen und grauen Hügel enthüllte, die mit den weißen Häusern der Athener Vororte übersät waren. Mit einigen von ihnen verbanden ihn Erinnerungen. Anfänglich, in seiner Jugend, waren diese Episoden immer überwältigend, orgiastisch gewesen, ein Feuerwerk, dessen Funken ihn bis zum Ende der Nacht zu einem noch sorglosen Morgen trugen. Manchmal war er ein Herzensbrecher gewesen oder das, was man gemeinhin so nannte. Allmählich, ohne dass er es bemerkte, hatte sich der Nachgeschmack dieser Erlebnisse geändert. Er war bitterer geworden. Costa hatte gespürt, wie er ins Episodenhafte abglitt. Irgendwann brach er höchstens noch das eigene Herz.

Und dennoch gab es nichts zu bedauern. Das war doch was gewesen. Er war doch jemand gewesen. Seine Erinnerungen waren nicht verblasst, wie die Leute zu sagen pflegen. Nein, seine Erinnerungen waren wie ein Aquarell, das man dem Regen ausgesetzt hatte. Die Farben waren ineinandergelaufen, die Malerei war abstrakter, immer noch interessant, aber mit schwärzlichen Streifen, wo das Wasser zu viel Farbe weggeschwemmt hatte. Die Bezugspunkte waren verschwunden, die Formen unkenntlich geworden. Hier und da tauchte noch etwas auf, woran er sich festhalten konnte, ein Name, das Muster eines Hemdes, eine Flasche Arak auf einem Baumstumpf in einer Nacht nahe des Omoniaplatzes.

Das Schiff legte an. Piräus empfing ihn mit der gewohnten Lebendigkeit und warf seine Gedanken in das allgemeine Stimmengewirr, wo sie sich verloren. Er rief ein Taxi und gab die Adresse von Elenis Hotel an, die er kannte, weil er es zusammen mit der Schiffspassage auf dem *Flying Dolphin* gebucht hatte. Er passte genau auf, welche Strecke der Fahrer nahm, denn er hasste es, wie ein Idiot behandelt zu werden, den man durch die Gegend kutschieren konnte, um den Preis der Fahrt zu erhöhen. »Kouros hätte sich nicht dazu herabgelassen, auf den Weg zu achten«, dachte er plötzlich. Aber der Schmerz, der immer etwas später kam als der Gedanke, konnte sich nicht ausbreiten, weil der Chauffeur zu schwatzen begonnen hatte und das Wetter, die Zahl der Touristen und die neuen architektonischen Großtaten der Hauptstadt kommentierte. Er fragte Costa, woher er komme, und beklagte sich, dass er viel zu wenig Zeit auf Santorin verbringe, woher er stammte.

Costa ließ den Wortschwall bereitwillig über sich ergehen. Der Mann setzte ihn vor dem Hotel ab, und das Auto verschwand, wurde sogleich vom Athener Verkehr verschlungen, gegen den es sich hupend verteidigte. Costa seufzte und betrat das kühle Foyer.

Der Portier teilte ihm mit, dass Eleni ausgegangen sei. Das hatte er geahnt. Costa überzeugte ihn ohne große Mühe, dass er in ihrem Zimmer auf sie warten durfte, schließlich kannte man ihn doch im Hotel, und er rief sich dem jungen Mann ins Gedächtnis, indem er ihm ein anständiges Trinkgeld zuschob.

Er war erleichtert, dass er noch einen Aufschub hatte, um seine Rede vorzubereiten.

Aus dem Zimmer blickte man auf einen kleinen, schlecht erleuchteten Innenhof, aber es war sauber. Als er Elenis Sachen sorgfältig aufgereiht auf dem Schreibtisch sah, packte ihn die Rührung. Das Schachlehrbuch lag neben dem Stadtplan von Athen und dem elektronischen Schachspiel mit beiden aufgestellten Armeen, jede Figur auf ihrem Ausgangsfeld. Eleni hatte auch ein

Foto ihrer Kinder in Sommerkleidung aufgestellt, beide lächelten an einem Sonnentag in die Kamera. Hinter ihnen erkannte man in der Ferne das Tor des Apollontempels. Abgesehen von diesen Dingen schien das Zimmer unbewohnt.

Costa nahm das Foto und betrachtete es einen Moment, dann stellte er es genau an die Stelle zurück, wo er es gefunden hatte. Die Anonymität des Zimmers schüchterte ihn ein und ließ ihn die Indiskretion seines Eindringens spüren. Verunsichert suchte er einen Ort, wo er sich niederlassen konnte, um auf Elenis Rückkehr zu warten. Schließlich entschied er sich für den einzigen und unbequemen Stuhl vor dem Schreibtisch. Er hätte sich gern einen Moment auf dem Bett ausgestreckt, tat es aber nicht.

Die Stille im Zimmer wurde noch durch den Lärm verstärkt, der im Hof ertönte. Er hörte das Geschrei von Kindern, die aus der Schule kamen, Motorendröhnen, eine Sirene, die weiter entfernt aufheulte. Bei den Nachbarn gab es einen lautstarken Streit. Er konnte die gereizte Auseinandersetzung zwischen dem Mann und der Frau verfolgen, die sich wegen einer banalen Geldgeschichte zankten. Die Stimmen wurden immer schriller.

Eine Tür knallte und machte dem Ganzen ein Ende.

Nach einem Moment trügerischen Friedens drang ersticktes Schluchzen an sein Ohr. Das war zu viel für seine strapazierten Nerven. Es hielt ihn nicht mehr auf seinem Stuhl, er begann im engen Gang zwischen Schreibtisch und Bett hin- und herzuwandern und ärgerte sich, dass er nichts zu lesen mitgenommen hatte. Er hatte das Gefühl, bei jedem Schritt in dichte Einsamkeit einzudringen, die ihm das Atmen schwer machte.

Costa holte seine Zigaretten aus der Innentasche der Jacke und zündete eine an. Als er den Rauch in seinen Lungen spürte, bereitete ihm das einen gewissen Trost.

So lief er eine Stunde herum und rauchte eine Zigarette nach der anderen. Die letzte ließ ihn plötzlich an Kouros' rasselnden Atem in seinem Krankenhausbett denken, und er drückte sie angewidert aus. Eleni war immer noch nicht da.

»Was treibt denn die Putze bloß?«, fragte er sich laut.

Da er nicht wusste, wo das Schachturnier stattfand, konnte er nicht hingehen. Plötzlich kam ihm eine Idee, die er einfach brillant fand, denn sie bot ihm Gelegenheit, der unangenehmen Situation, in die er sich gebracht hatte, ein Ende zu setzen. Dafür war nur ein einziger Handgriff erforderlich. Wenn sie so schlau war, wie Kouros behauptet hatte, würde sie es verstehen. Wenn nicht, Pech für sie.

Costa führte den Handgriff aus, dann sammelte er seine Sachen zusammen und verließ rasch das Zimmer. Nachdem die Entscheidung, Eleni nicht zu begegnen, einmal getroffen war, hatte er es sehr eilig.

Er gab dem überrascht dreinblickenden Portier den Schlüssel zurück, murmelte irgendeine Erklärung und ging durchs Foyer. Als er auf der Straße stand, holte er tief Luft und wandte sich den Hügeln der Akropolis zu. Er war glücklich, der Enge des Zimmers entronnen zu sein. Die große Erleichterung, mit der er gerechnet hatte, blieb jedoch aus. Sie stellte sich erst nach drei Gläsern Wein ein, die er in einer Taverne in der Plaka trank, während er die jungen Leute vorbeigehen sah.

»Es ist ganz einfach«, beschloss er bei diesem schönen Anblick. »Ich lehne seine Erbschaft ab.«

Eleni kam zwei Stunden nach Costas Aufbruch zurück. Sie war an diesem Morgen ausgeschieden, in der dritten Runde, gegen den Meister von Koukaki, einen freundlichen Herrn mit einem Ziegenbärtchen. Das Ergebnis war keineswegs beschämend. Es war sogar besser als alles, was sie erhofft hatte, als sie am ersten Tag den großen Saal betrat, der von prächtigen Kristallleuchtern erhellt wurde und in dem vier Tische, jeder mit einem Schachbrett, auf die Teilnehmer warteten.

Nachdem ihr Ausscheiden offiziell verkündet und die Formalitäten erledigt waren, ging sie ein letztes Mal durch die Tür des Schachklubs und fand sich in der Gasse wieder, durch die sie in den letzten Tagen jeden Morgen mit klopfendem Herzen gekommen war. Sie war etwas betäubt. Sicher, sie hatte sich wacker geschlagen. Trotzdem versetzte ihr das Ausscheiden gegen jede Vernunft einen Stich der Enttäuschung. »Nächstes Mal mache ich es besser«, schwor sie sich, während sie langsam die Straße hinablief.

Sie traute sich nicht, sofort nach Naxos zurückzukehren. Ohne Geschenke konnte sie sowieso nicht heimkommen. Also raffte sie all ihren Mut zusammen und stürzte sich in das betäubende Leben der Hauptstadt, um wunderbare Dinge zu finden, für die man ihr die heimliche Abreise verzeihen würde.

Unvorsichtigerweise hatte sie ihren Stadtplan im Hotel gelassen, und ihre Einkäufe trieben sie weit vom Heimathafen fort. Als sie endlich wieder ihr Zimmer erreicht hatte, war es zu spät, um das Schiff nach Naxos zu nehmen. Sie stellte ihre großen Einkaufsbeutel neben die Tür, setzte sich auf das Bett und zog mit einem Seufzer der Erleichterung die Schuhe aus. Erst dann, während sie die schmerzenden Füße massierte, bemerkte sie den starken Zigarettengeruch, der das Zimmer verpestete. Mehr verwirrt als empört stand sie auf und sah, dass der Aschenbecher voller Kippen war. Sie rief in der Rezeption an und bat um eine Erklärung. Die Empfangsdame hatte ihren Dienst erst eine Stunde zuvor angetreten, und ihr Kollege hatte sie nicht über einen Besuch informiert. Sie stammelte Entschuldigungen und versicherte Eleni, dass sie sofort jemanden schicken würde, um den Aschenbecher zu leeren.

»Das ist nicht nötig«, antwortete Eleni. »Ich habe Sie nicht deshalb angerufen, sondern um zu erfahren, wer in meinem Zimmer war.«

Die Empfangsdame versprach, sich zu erkundigen und sie so schnell wie möglich zu informieren. Eleni untersuchte den Inhalt ihres Schrankes, um festzustellen, ob etwas fehlte. Das war schnell erledigt. Alle Sachen waren an ihrem Platz. Halbwegs beruhigt schaute sie ins Bad, um ihre Toilettenartikel zu überprüfen. Auch dort fehlte nichts. Ihr Parfumfläschchen erwartete sie seelenruhig auf der kleinen Konsole über dem Waschbecken.

Sie ging ins Zimmer zurück und nahm den Aschenbecher, um ihn zu leeren, als ihr Blick auf das Schachbrett fiel. Eleni sah sofort, dass der schwarze König umgefallen war. Sie dachte an eine Ungeschicklichkeit, wie sie ihr im Zimmer der Franzosen passiert war. Mechanisch richtete sie die Figur wieder auf, leerte den Aschenbecher in den Papierkorb, stellte ihn auf den Schreibtisch zurück, nachdem sie ihn mit einem Papiertaschentuch ausgewischt hatte, öffnete das Fenster und streckte sich auf ihrem Bett aus. Von Müdigkeit überwältigt schlief sie ein.

Der lallende Gesang eines Nachtschwärmers riss sie aus ihren Träumen. Eleni war zunächst völlig orientierungslos. Sie machte das Licht an und sah auf dem Wecker, dass es zwei Uhr morgens war. Sie hatte Hunger, aber es war viel zu spät, um essen zu gehen. Sie zog sich aus, streifte das Nachthemd über und nahm sich ein kleines Paket Salznüsse aus der Minibar.

Sie setzte sich aufs Bett und begann zu knabbern, als sie plötzlich ein Gedanke durchzuckte. Sie stieß die Decke zurück und angelte eine Kippe aus dem Papierkorb. Ihr Verdacht wurde bestätigt. Es waren die gleichen Zigaretten, die Costa während ihrer Begegnungen geraucht hatte. »Es gibt Tausende, die John Player's Special rauchen«, sagte sie sich, um sich zu beruhigen, aber die Sorge blieb. Der Apotheker war hier gewesen, und er hatte die Reise sicher nicht ohne Grund gemacht.

Von Panik erfüllt stürzte sie zum Telefon und wählte die Nummer des Lehrers. Sie ließ es fünfmal klingeln, dann legte sie auf. Sie wollte schon zu Hause anrufen, besann sich aber eines Besseren. Panos, Yannis und Dimitra mitten in der Nacht zu wecken, nachdem sie sich bisher nicht gemeldet hatte, hätte keinen Sinn.

Niedergeschlagen stellte sie das Telefon wieder auf den Nachttisch, setzte sich auf das Bett und machte sich die schlimmsten Vorwürfe. Niemals hätte sie den alten Lehrer allein lassen und gerade dann weggehen dürfen, als er sie am meisten brauchte. Eleni fühlte sich traurig, leer, erbärmlich. Das Gefühl, alles falsch gemacht zu haben, hinderte sie sogar am Weinen. Sie verbrachte eine schlaflose Nacht, der Schmerz saß wie ein Kloß in ihrer Kehle, sie lief im Zimmer hin und her und dachte nicht mehr an Müdigkeit.

Im Morgengrauen zog sie sich an, sammelte ihr Gepäck zusammen und ging hinunter ins Foyer. Sie bezahlte ihre Rechnung, beschränkte dabei das Gespräch mit dem Portier auf ein Minimum. Sie lehnte den Kaffee ab, den dieser ihr anbot, nahm ihre Sachen und ging zum Ausgang, als sie plötzlich eine Gestalt erblickte, die sich auf dem Ledersofa neben der Tür regte.

Mit zerknitterter Kleidung, einem grauen Dreitagebart und wirrem Haar zeigte sich der alte Apotheker nicht von seiner besten Seite. Er stand mühsam auf, seine Glieder waren steif von der unbequemen Position, in der er geschlafen hatte. Er stieß einen Fluch aus, dann begrüßte er Eleni knapp. Sie grüßte zurück, ohne etwas hinzuzufügen.

Gemeinsam gingen sie hinaus auf die Straße und warteten auf das Taxi, das der Portier für Eleni bestellt hatte. Es kam bald, und sie stiegen ein, ohne ein Wort gewechselt zu haben. Costa sagte dem Fahrer, dass sie nach Piräus wollten, dann versank er wieder in Schweigen. Eleni stellte keine Frage. Es war nicht nötig. Beim Anblick des Apothekers waren all ihre Vermutungen zur Gewissheit geworden. Sie wäre lieber mit ihrem Schmerz allein gewesen. Beide sahen auf ihrer Seite aus dem Fenster, wo die leeren Straßen der noch schlafenden Stadt vorbeiflogen.

Ehe sie am Hafen ankamen, entschloss sich Costa endlich, das Wort zu ergreifen.

»Er ist vor zwei Tagen im Krankenhaus gestorben. Es war nichts mehr zu machen. Er hat mich beauftragt, Ihnen zu sagen, dass Sie seine beste Schülerin waren und dass er glücklich war, Sie getroffen zu haben.«

Sogleich bedauerte er diese armseligen Sätze, aber etwas Besseres war ihm nicht eingefallen. Schließlich war er Apotheker, kein Literat. Innerlich verfluchte er einmal mehr den verstorbenen Lehrer, der zu Lebzeiten aller Welt mit seinen gedrechselten Sätzen auf die Nerven gegangen war und für die Literatur sogar sein Lebensglück geopfert hatte, aber am Ende getürmt war und es ihm, Costa, Ironie des Schicksals, überlassen hatte, seinen Abschiedsgruß zu erfinden. Er wollte noch etwas wie »Er war stolz auf Sie« hinzufügen, eine ziemlich widerliche paternalistische Feststellung, vielleicht aber wirkungsvoll. Er zögerte dennoch einen Moment, ehe er eine solche Eselei von sich gab. Dann, als er einen verstohlenen Blick zu Eleni warf, stellte er fest, dass es unnötig war. Seine kleine Lüge hatte den gewünschten Effekt gezeigt. Er hatte die Mission erfüllt.

Eleni war zu bewegt von dem, was sie gehört hatte, um den hohlen Nachhall des Satzes im gepolsterten Innenraum des Taxis zu spüren. Ihr Gesicht erstrahlte. Der Kummer blieb, aber das schlechte Gewissen fiel von ihr ab wie ein trockenes Blatt. Sie sah ein, dass sie den Wunsch des Lehrers erfüllt hatte.

»Danke«, sagte sie nur.

In Piräus half Costa Eleni beim Aussteigen.

»Ich wünsche Ihnen eine gute Reise«, sagte er.

»Fahren Sie nicht zurück?«, fragte sie. Eleni war ziemlich erleichtert, dass sie nicht die ganze Überfahrt in Gesellschaft des Apothekers verbringen würde, der sie offensichtlich nicht gerade ins Herz geschlossen hatte.

»Nein, ich habe hier noch was zu erledigen. Bis bald.«

Sie reichten sich unbeholfen die Hand, und Eleni ging auf den Schalter zu, um ihre Fahrkarte zu kaufen. Nach ein paar Schritten holte Costa sie ein.

»Wie ist es eigentlich gelaufen?«

Eleni sah ihn verständnislos an.

»Das Turnier«, erklärte er.

»Ich bin in der dritten Runde ausgeschieden, gegen den Meister von Koukaki. Er hatte ein Ziegenbärtchen«, fügte sie hinzu, als hätte sie diese Eigenheit in der Physiognomie des Gegners so verwirrt, dass sie ihre Niederlage erklärte.

Costa musste unwillkürlich lachen. Das Ziegenbärtchen gab der Szene, die er sich vorstellte, etwas Surreales. Außerdem schien Eleni nicht bewusst zu sein, dass ihr Ergebnis eine Leistung war. Kouros hatte recht gehabt. Sie war trotz allem ziemlich unglaublich, diese »Putze«.

»Er wäre stolz auf Sie gewesen.«

Der Satz war ihm entschlüpft, als hätte sich die Eselei gegen seinen Willen einen Weg gesucht und gefunden. Er musste zugeben, dass diese Worte ganz sicher genau das ausdrückten, was der alte Lehrer empfunden hätte, in gewisser Weise als Folge seines Berufs und weil er keinen Mut gehabt hätte, sich gefährlichere Gefühle einzugestehen. Costa genoss das traurige Privileg, es zu wissen. Er zuckte kurz mit den Schultern, schenkte Eleni ein letztes aufmunterndes Lächeln und verschwand mit rüstigem Schritt im Hafengewimmel. Sobald sie außer Sichtweite war, blieb er stehen und zog eine Zigarettenschachtel aus der Tasche, musste jedoch feststellen, dass sie leer war. Er knüllte sie zusammen und warf sie auf den Boden. Um ihn herum rannten Touristen und Seeleute in alle Richtungen. Niemand achtete auf den alten Mann mit der zerknitterten, ein bisschen zu auffälligen Jacke, der reglos auf dem Bürgersteig stand und nicht wusste, wohin er gehen sollte.

Eine Stunde später ging Eleni die kleine Treppe zum Obergeschoss des *Flying Dolphin* hinauf. Diesmal überließ sie ihr Gepäck dem Steward, der ihr ihren Platz zeigte. Das Schiff füllte sich schnell mit einer bunten Menge von Reisenden. Einige setzten sich ordentlich hin, andere liefen lärmend hin und her, um etwas zu essen, auf dem Deck zu rauchen oder Bekannte zu suchen. Eine Gruppe von Kindern rannte schreiend herum, erregt von der Aussicht, gleich in See zu stechen. Dieses Durcheinander betäubte Elenis Kummer.

Die Sirene ertönte, der »fliegende Delfin« legte ab und ließ damit ihr Athener Abenteuer zur Erinnerung werden. Der Steward ging durch die Reihen und bot den Reisenden Orangensaft und Kekse an. Eleni nahm den Imbiss dankbar an, denn sie musste sich eingestehen, dass sie Hunger hatte. Sie leerte ihr Glas in kleinen Schlucken und sah dabei auf das von den riesigen Schrauben aufgewühlte Wasser.

Die Müdigkeit überwältigte sie, und sie schlief ein. Einige Zeit später wurde sie von einem Mädchen in rotem Kleid geweckt, das auf seinem Weg durch den Gang ihren Ellbogen streifte. Es erinnerte sie an Dimitra, die sie mit Panos' schlechter Laune allein gelassen hatte. Die Zukunft erschien ihr plötzlich wie eine bedrohliche Flut. Die Seifenblase des Schachspiels, die sie während ihres Aufenthaltes in der Hauptstadt umhüllt hatte, zerplatzte, und sie wurde von der bevorstehenden Rückkehr in ihren Alltag überwältigt.

Eleni hatte ihren einzigen Freund verloren. Sie würde sicher arbeitslos werden, ihr Mann würde sie verlassen. Niemals würde er diese Kränkung überwinden.

Trotz ihrer Müdigkeit machte Eleni kein Auge mehr zu. Sie richtete sich in ihrem Sessel auf und erwartete ängstlich die Ankunft, den Augenblick der Wahrheit, der sie in elende Einsamkeit werfen würde. Ihr Leben war vorbei. »Verrückt«, dachte sie und empfand zum ersten Mal das düstere Gewicht des Wortes, das bisher immer den Geschmack eines Frühlingsnachmittags im Jardin du Luxembourg gehabt hatte. Und dennoch jubelte etwas Unaussprechliches in ihr, wie eine fröhliche Weise, die man nicht mehr vergessen kann. Eleni holte ihr Parfum heraus und tupfte sich einen winzigen Tropfen hinter jedes Ohr.

Zu dieser Zeit schnarchte Panos noch im Ehebett, von dem er wieder Besitz ergriffen hatte. Er schlief den Schlaf der Gerechten, erschöpft vom endlosen Strom der Besucher, die er jeden Abend empfangen hatte, seitdem das Genie des Armeniers und Marias Talent seine Frau zur Heldin gemacht hatten. Die bunte Girlande, die er über die Tür ihres Hauses gehängt hatte, um ihm ein festliches Aussehen zu verleihen, vollführte im Wind, der vom Meer kam, einen kleinen Tanz.